Foto: © Sven Paustian

Felicitas Hoppe, geboren 1960 in Hameln, lebt als freie Schriftstellerin in Berlin. Ihr Werk wurde in zahlreiche Sprachen übersetzt und Felicitas Hoppe mit zahlreichen Preisen ausgezeichnet.

IWEIN LÖWENRITTER

Erzählt von
Felicitas Hoppe

NACH EINEM ROMAN
VON HARTMANN VON AUE

Mit vier Farbtafeln
von Michael Sowa

FISCHER Taschenbuch

Aus Verantwortung für die Umwelt hat sich der Fischer Kinder- und Jugendbuch Verlag zu einer nachhaltigen Buchproduktion verpflichtet. Der bewusste Umgang mit unseren Ressourcen, der Schutz unseres Klimas und der Natur gehören zu unseren obersten Unternehmenszielen.

Gemeinsam mit unseren Partnern und Lieferanten setzen wir uns für eine klimaneutrale Buchproduktion ein, die den Erwerb von Klimazertifikaten zur Kompensation des CO_2-Ausstoßes einschließt.

Weitere Informationen finden Sie unter:
www.klimaneutralerverlag.de

FSC
www.fsc.org
MIX
Papier aus verantwortungsvollen Quellen
FSC® C002795

8. Auflage: Mai 2022

Erschienen bei FISCHER Kinder- und Jugendtaschenbuch
Frankfurt am Main, Mai 2011

Die Originalausgabe erschien 2008 als Hardcover in der Reihe
›Die Bücher mit dem blauen Band‹

Lektorat: Alexandra Rak
Druck und Bindung: Livonia Print, Riga
Printed in Latvia
ISBN 978-3-596-80740-6

Meinen vier furchtlosen Neffen

I.

IWEIN

1.
Im Immerwald

KENNT IHR DIE GESCHICHTE VON IWEIN, der eines Tages aus lauter Langeweile auszog, um Abenteuer zu suchen und sein Herz dabei gegen ein anderes tauschte und deshalb seinen Verstand verlor? Danach irrte er durch den Immerwald und musste gegen tausend Ungeheuer kämpfen, bis alles doch noch ein gutes Ende nahm.

Wie das kam, wollt ihr wissen? Dann hört mir gut zu, denn besser als ich erzählt die Geschichte euch keiner, ich war nämlich dabei. Die Geschichte ist übrigens ziemlich alt, mindestens tausend Jahre. Kann aber auch sein, sie ist erst gestern passiert, als ihr gerade unterwegs ins Bett wart, auf dem Weg in die Träume.

Ich liebe die Träume. Besonders nach einem gewonnenen Kampf oder nach einem guten Essen. Man liegt warm und satt im Halbschlaf und hört lange Geschichten, in denen die Zeit keine Rolle spielt. Um die Zeit habe ich mich sowieso nie gekümmert, wahrscheinlich ist sie nur eine Erfindung der Lehrer, und von Stundenplänen verstehe ich nichts.

Also vergesst die Schule, und stellt euch stattdessen einen Wald vor, einen Wald wie im Märchen. Finster und voller Geräusche und voller unsichtbarer gefährlicher Tiere. Das ist der Wald von vor tausend Jahren, der Immerwald.

Ein endloser Wald ohne Wege und Schilder, in dem sich selbst Ritter und Könige verirren und in dem die Bäume so hoch in den Himmel wachsen, dass man keinen Himmel mehr sieht. Keine Sonne bei Tag, keinen Mond in der Nacht und auch keine Sterne.

Hier kennen sich nur noch die Tiere aus. Denn selbst bei Tag ist dieser Wald so stockdunkel, dass man die Hand nicht vor Augen sieht. Will ein Mensch diese Finsternis besiegen, dann braucht er viel Kraft. Aber Kraft allein reicht nicht, man braucht auch Mut und ein starkes Herz und ein schlagendes Schwert. Wenn man damit die Finsternis in zwei Hälften haut, steht man plötzlich auf einer Lichtung.

Stellt euch jetzt also die Lichtung vor und auf dieser Lichtung zwei wilde Tiere. Einen prächtigen Löwen und einen schrecklichen Drachen, die bis aufs Blut miteinander kämpfen.

Ihr behauptet, ihr wisst, was Löwen sind? Vielleicht habt ihr sogar neulich einen gesehen? Aber ich rede hier nicht von Löwen im Zoo oder im Zirkus, die auf kleinen Hockern sitzen und gähnen, um ihre Zähne zu zeigen, und wenn der Dompteur mit der Peitsche knallt, springen sie manchmal durch brennende Reifen.

Das sind keine Löwen, das sind große Katzen, die nur so tun, als ob sie Könige wären. Weiß eine von diesen Katzen wirklich, was es bedeutet, einen Kampf auf Leben und Tod zu führen? Auge in Auge mit einem Drachen?

Ich dagegen weiß das genau. Denn wenn ich von Drachen rede, dann meine ich Drachen, ich meine den fürchterlichsten von allen. Das ist der Immerwalddrache. Sein Atem ist Feuer, seine Zunge eine Peitsche, seine Beine sind Säulen, sein Schritt dröhnt wie Trommeln, und sein Leib ist ein Panzer aus Schuppen und Schlamm.

Aber schlimmer als alles ist sein Hunger, denn der Immerwalddrache muss Tag und Nacht fressen und wird trotzdem nicht satt. Er kennt keinen Schlaf und keine Träume. Ruhelos wandert er durch den Wald und ist immer allein, weil alle ihn fürchten. Seine Zähne sind Messer, und sein Schlund ist ein Abgrund, in dem alles verschwindet. Alles, was atmet, muss der Drache verschlingen.

Ich bin zwar noch nie in der Hölle gewesen, aber schlimmer kann auch die Hölle nicht sein.

Der Löwe ist aber der König der Tiere, und ein König muss kämpfen, sonst ist er kein König. Also stellt euch jetzt vor, wie der Löwe gegen den Drachen kämpft, mit Zähnen und Klauen, brüllend und schlagend, bis ihm am Ende die Luft ausging, weil ihn der Atem des Drachen dort traf, wo bei uns allen das Leben sitzt, nämlich mitten ins Herz.

Aber als der Löwe sich schon ans Sterben machte, hörte er plötzlich eine Stimme. Eine klare und kräftige Stimme, die vom Rand der Lichtung herüber kam. Und aus dem fetten Nebel aus Rauch und Gestank trat ein Ritter.

Und wenn ich Ritter sage, dann meine ich Ritter! Einen echten Ritter. Sein Pferd war weiß, seine Rüstung war weiß, und in der Faust hielt der Ritter ein Schwert. Ein Immerschwert. Das ist das beste Schwert von allen. Nicht zu groß, nicht zu klein, nicht zu leicht, nicht zu schwer, sondern genau richtig.

Wenn man weiß, wie so ein Schwert zu führen ist, dann kann man damit die Finsternis zerhauen und sogar den Immerwalddrachen erschlagen. Und dieser Ritter wusste genau, wie man ein Immerschwert führen muss. Denn dies ist der beste Ritter von allen.

Auch der Drache erkannte den Ritter sofort und begriff, dass seine Stunde geschlagen hatte. Aber er wollte sich nicht geschlagen geben, sondern bäumte sich ein letztes Mal auf und spuckte ein letztes Mal Galle und Gift und stieß einen allerletzten Schrei aus. Ein grässliches Brüllen, so laut und entsetzlich, dass der ganze Wald plötzlich erstarrte, als wäre ein Frost in den Wald gefahren.

Die Tiere erstarrten, die Bäume erstarrten, alle Büsche und Zweige erstarrten, und an den Zweigen erstarrten die Blätter. Auch das Pferd des Ritters erstarrte. Nur der Ritter erstarrte nicht. Aber wie er sein Pferd auch drängte und trieb, mit Händen und Füßen und guten Worten, es rührte sich nicht von der Stelle.

Was dem Ritter da übrig blieb? Nicht viel. Er sprang einfach

vom Pferd und ging zu Fuß weiter. Sein Immerschwert fest in beiden Fäusten ging er voran und wich nicht zurück.
Und während der Ritter weitergeht, Fuß vor Fuß und Auge in Auge mit dem Immerwalddrachen, hält der Immerwald seinen Atem an, die ganze Welt hört auf zu atmen. Als wäre die Zeit plötzlich stehengeblieben.
Glaubt es mir, oder glaubt es mir nicht, wahr ist es trotzdem: Mit einem einzigen Hieb erschlug der Ritter den Immerwalddrachen, mitten hindurch, von oben nach unten, kurzerhand vom Scheitel zum Fuß!
Und zwischen den Hälften des stürzenden Drachen stieg eine Säule aus Feuer und Rauch über der Lichtung des Immerwalds zum Himmel empor.
Das habe ich selbst gesehen.

2.
Am Hof von vor tausend Jahren

ABER WENN IHR WISSEN WOLLT, wie die Geschichte jetzt weiter geht, dann müsst ihr erst wissen, was vorher geschah. Denn die Geschichte fängt nicht im Immerwald an, sondern in einem anderen Land.

Das ist das Land von vor tausend Jahren. Dort lebt an seinem prächtigen Hof der größte und mächtigste König von allen. Unter den Menschen jedenfalls ist er der größte, und ich wette, ihr kennt ihn, denn jeder hat irgendwann von ihm gehört. Sein Name ist Artus.

Stellt euch jetzt also den Königshof vor. Dort ist der Himmel immer blau. Morgens hellblau und abends dunkelblau. Man sieht die Sonne bei Tag und den Mond bei Nacht und alle Sterne. Dort steht in einem herrlichen Garten der schönste und größte Palast der Welt.

Und in dem Garten gehen schöne Frauen spazieren, die, wenn ich das richtig verstanden habe, eigentlich gar keine Frauen sind, sondern Damen, die Gedichte aufsagen und Lieder singen. Manche spielen auch Schach. Sie spielen übrigens besser

als alle Ritter, aber weil sie so gut erzogen sind, lassen sie immer die Ritter gewinnen.
Am Hof von König Artus herrschen nämlich strenge Regeln, und die oberste Regel ist Höflichkeit.
Und jetzt der Palast. Dort gibt es einen riesigen Saal. Und in der Mitte dieses riesigen Saals steht ein riesiger runder Tisch, den haben tausend Tischler gezimmert. An diesem riesigen runden Tisch haben mindestens tausend Ritter Platz. Der König hat nämlich andauernd Gäste. Natürlich hat sich herumgesprochen, dass hier nur die Besten der Besten sitzen.
Stellt euch jetzt also den runden Tisch vor, an dem nur die Besten der Besten sitzen.
Aus der Küche zieht der Duft von saftigen Braten, die Köche schleppen goldene Schüsseln herein und rollen Fässer, aus denen der Wein in silberne Becher fließt. Das ist der Wein von vor tausend Jahren, der Immerwein, den nur die Besten der Besten vertragen, weil allein schon der Duft betrunken macht.
Manchmal gibt es vor dem Essen auch noch ein Turnier. Dann steigen die Ritter auf ihre Pferde, bis an die Zähne bewaffnet mit Lanzen und Schwertern. Das sind die besten Schwerter von allen, die berühmten Immerschwerter, die es nur am Hof von König Artus gibt.
Die Ritter hauen und stechen so gut sie können, bis einer von ihnen schließlich vom Pferd fällt. Manchmal dauert das ziemlich lange, denn keiner will sich geschlagen geben. Die Ritter reiten, die Damen klatschen. Und wenn am Ende der Beste ge-

winnt, bekommt er zur Belohnung ein blaues Band und bindet es seinem Pferd in die Mähne.
Das ist das berühmte blaue Band. Es ist überaus kostbar, deshalb darf es nur Ginevra vergeben, denn Ginevra ist die Frau von Artus und die größte und schönste Königin. Eine Schönere gibt es auf der Welt nirgends, deshalb liebt sie der König auch mehr als sein Leben. Alle Anderen lieben sie auch. Aber davon darf der König nichts wissen.
Wie ihr seht, besitzt König Artus alles, was ein Mensch nur besitzen kann. Aber trotzdem ist er nicht glücklich. Vielleicht hat er einfach die Lust verloren, seit tausend Jahren König zu sein. Seinen Palast verlässt er nur selten, die Lust am Jagen hat er verloren, und so kommt es, dass er wenig erlebt. Im Immerwald ist er nie gewesen, wahrscheinlich hat er noch nie einen Drachen gesehen und niemals selbst gegen einen gekämpft. Das Meiste kennt er nur aus Geschichten, die ihm seine Ritter erzählen.
Ohne Geschichten kann der König nämlich nicht schlafen. So groß ist sein Hunger nach Geschichten, dass alle Ritter am runden Tisch ununterbrochen erzählen müssen, von morgens bis abends, bis zur Erschöpfung. Vor lauter Erschöpfung schlafen sie manchmal beim Erzählen fast ein. Nur der König bekommt niemals genug. Er wird einfach nicht satt.
Deshalb nennen ihn manche auch König Neugier oder den König der großen Langeweile. Aber nur hinter vorgehaltener Hand, denn große Könige sind empfindlich.

Und weil der König mehr Geschichten hören will, als selbst tausend Ritter erzählen können, und weil sie sich vor seinem Hunger fürchten, müssen sie Abenteuer erfinden, die sie noch gar nicht selber erlebt haben.
Aber das merkt der König sofort, denn der König sehnt sich nach wahren Geschichten. Wahre Geschichten sind allerdings selten, vor allem an einem Königshof.

3.
Der Aufbruch

So war es auch an einem Sonntag vor Ostern, der schön war und blau. Über dem Feuer brieten die letzten Ochsen, aber die Ritter waren längst satt. Alle hatten wie immer zu viel gegessen und viel zu viel roten Wein getrunken. Selbst den Besten der besten Gäste fielen keine Geschichten mehr ein.

Und wie immer hatte es Streit gegeben, denn alle wollten an der Seite des Königs sitzen oder an der Seite der Königin. Aber jetzt war es schon weit nach Mitternacht, und sie stritten nicht mehr um die besten Plätze, sondern saßen schläfrig Schulter an Schulter um den runden Tisch herum.

Der König saß neben der Königin, und neben der Königin saß Ritter Iwein, denn das ist der Allerbeste der Besten. Auf der anderen Seite des Königs saß Ritter Gawein. Diesen Namen müsst ihr euch merken, das ist der beste Freund von Iwein. Oder auch nicht. Das wird sich noch zeigen.

Und dann gab es da noch einen, der saß nicht am Tisch, sondern der lag unter dem Tisch, zwischen den Füßen der betrunkenen Ritter. Den müsst ihr euch besonders gut merken, der

will nämlich nicht mit an der Tafel sitzen und immer dieselben Geschichten hören. Der zieht den Schlaf den Geschichten vor, besonders nach einem guten Essen.
Das ist Herr Keie. Aber obwohl Keie unterm Tisch liegt und schläft und gegen die Höflichkeitsregel verstößt, ist er bei Hof ein wichtiger Mann. Keie ist nämlich Oberhofmeister und herrscht über das ganze Hofpersonal. Der hat Aufsicht über tausend Köche und Gärtner und über alles, was bei Hof die Arbeit macht.
Keie schläft aber nur zum Schein, denn selbst im Schlaf hält er immer ein Auge offen und weiß genau, was vorgeht, dem macht man nichts vor. Und er hat eine gefährliche Zunge, die ist schärfer als jedes Immerschwert. Darum fürchten ihn alle.
Keie erzählt nämlich keine Geschichten, sondern sagt frei heraus, was er denkt und fühlt. Seine Zunge spricht wie sein Herz. Und Keies Herz ist nicht freundlich, sondern düster.
Vielleicht kommt das davon, dass er von morgens bis abends befehlen muss. Deshalb ist er am Hof auch so unbeliebt und hat keine Freunde und liegt nach dem Essen unterm Tisch, anstatt oben mit in der Runde zu sitzen.
Aber es ist keiner der tausend Ritter gewesen, sondern der Oberhofmeister Keie persönlich, der in der blauen Nacht am Sonntag vor Ostern plötzlich unter dem Tisch seine Zunge wetzte und Iwein gegen die Schienbeine klopfte und leise und deutlich zu flüstern begann.

»Hör mir gut zu, Iwein«, flüsterte Keie, »ich weiß genau, dass du der Allerbeste bist, und ich sehe genau, wie sehr du dich langweilst und dass du hier nur deine Zeit vertust. Du kommst hier bei Hof nicht auf deine Kosten. Das ist auch kein Wunder, denn was sind das für Männer? Und was sind das für Frauen? Warum verschwendest du deine Zeit mit Schach und Turnier und schlechten Geschichten? Du brauchst dringend ein richtiges Abenteuer, vielleicht sogar zwei oder drei oder tausend!«

Während er sprach, rückte Keie immer dichter an Iwein heran und schob unterm Tisch seinen Mund an Iweins Knie und sagte mit nochmals gesenkter Stimme:

»Iwein, ich will dir etwas verraten. Keine Geschichte, sondern ein Geheimnis. Das ist das Geheimnis vom Land Nebenan, in dem es noch richtige Abenteuer gibt. Und wenn ich Abenteuer sage, dann meine ich Abenteuer, nicht Schachspiel und Tanzen. Ich rede von richtigen Ungeheuern. Jenseits der Grenze im Land Nebenan leben noch richtige Ungeheuer. Und nicht nur richtige Ungeheuer, sondern auch richtige Frauen. Und wenn ich Frauen sage, dann meine ich Frauen! Nicht Frauen, die Gedichte aufsagen und Lieder singen und aus Höflichkeit im Schachspiel verlieren. Aber dass du das nicht der Königin sagst, das könnte sie kränken.«

Da gingen Iwein die Ohren auf. Und nicht nur die Ohren, sondern auch das Herz. Er war plötzlich hellwach, und er wurde sehr aufgeregt. Sein Blut begann schneller zu fließen, und das

Herz in seiner Brust schlug so heftig, wie es schon lange nicht mehr geschlagen hatte.

Ihr wisst ja selbst, wie gut sich ein schlagendes Herz anfühlt! Und ihr könnt euch denken, wie sehr Iwein der Gedanke gefiel, jetzt sofort und ohne zu zögern aufzustehen und auf der Stelle davonzureiten, in ein anderes Land, das er niemals gesehen hatte. In das unbekannte Land Nebenan, jenseits der Grenze.

»Erzähl mir mehr davon!«, sagte Iwein hastig, und seine Stimme zitterte vor Ungeduld. »Von was für Ungeheuern sprichst du?«

Da lachte Keie und schlug Iwein mit leichter Hand aufs Knie, denn er lag immer noch unter dem Tisch.

Aber dann senkte er wieder die Stimme und sagte leise: »Wie kann ich das wissen? Ich bin nie im Land Nebenan gewesen, ich habe nur davon gehört. Wenn du Genaueres wissen willst, dann steig auf dein Pferd und reite drei Tage. Reite immer der Sonne nach. Und wenn du bis dahin geritten bist«, wieder klopfte er gegen Iweins Knie, »wirst du das Ungeheuer erblicken. Und sobald du das Ungeheuer erblickst, wirst du auch wissen, wer es ist, wie es aussieht, was es tut und spricht. Und danach kommst du wieder und erzählst mir davon. Oder auch nicht. Ganz danach, wie es kommt.«

So redete Keie.

Und so kam es, dass am Ende der Nacht, noch bevor zwischen Sonntag und Montag die Sonne aufging, Iwein heimlich den

Hof von Artus verließ. Er bestieg sein Pferd und ritt einfach davon, und niemandem hat er den Plan verraten.
Nicht dem König und auch nicht der Königin, nicht einmal seinem besten Freund Gawein. Er ritt einfach davon und hat sich nicht umgedreht.

4.
Das Land Nebenan

UND WO SIND WIR JETZT? Wir befinden uns zwischen Nacht und Morgen, zwischen Gestern und Heute, wir befinden uns genau auf der Grenze, denn eben hat mit den hinteren Hufen Iweins Pferd ganz flüchtig die Grenze berührt. Und schon sind wir drüben, jenseits, auf der anderen Seite. Wir sind im Land Nebenan.

Allerdings merkte Iwein das nicht, denn die Grenze war eigentlich gar nicht zu sehen, und das Land Nebenan sah nicht anders aus als das Land, aus dem er gekommen war.

Auch hier standen Bäume mit Zweigen und Blättern, und auf den Ästen saßen Vögel, die sangen, was alle Vögel singen. Was man so singt, wenn es Morgen wird.

Denn es wurde Morgen. Es wurde heller und heller, aber Iwein dachte gar nicht daran, anzuhalten und auszuruhen, er dachte auch nicht an sein Pferd, das die ganze Nacht durch gelaufen war und bestimmt von frischem Wasser träumte. Er trieb es einfach weiter voran, immer der Sonne nach, wie Keie ihm geraten hatte.

So sind Ritter. So lange sie selbst keinen Durst verspüren, gibt es für sie überhaupt keinen Durst, auch nicht den Durst ihres eigenen Pferdes.
So war auch Iwein. Sein Durst auf Abenteuer war so groß, dass er den richtigen Durst vergaß. Also ritt er immer weiter und konnte nichts Besonderes finden im Land Nebenan.
Da war er enttäuscht. Aber wie er so ritt und weiter ritt, immer der Sonne nach, merkte er plötzlich, dass es dunkler wurde, obwohl es noch nicht einmal Mittag war und die Sonne noch nicht am höchsten stand.
Das war, weil der Wald immer dichter wurde und die Büsche dicker und die Bäume höher. Auch die Stimmen der Vögel wurden jetzt leiser. Denkt aber nicht, wir wären im Immerwald, denn so dunkel wie der Immerwald kann der Wald Nebenan niemals sein.
Iwein war es auch so schon dunkel genug. Die Zweige hingen so tief von den Bäumen, dass sie in die Mähne des Pferdes griffen, und manche Zweige schlugen ihm beim Reiten ins Gesicht oder auf seinen Nacken. Aber dafür hat ein Ritter ja Rüstung und Helm.
Wie er so ritt, kam er plötzlich durch das Dickicht auf eine Rodung, auf einen offenen Platz, ganz ohne Bäume, der sah wie ein frischgepflügter Turnierplatz aus.
Zu sehen war zwar keine Menschenseele, aber dafür war der Platz voller Tiere. Und wenn ich Tiere sage, dann meine ich Tiere, nicht solche, wie ihr sie zu Hause habt, sondern richtige

Tiere. Wilde Tiere aller Arten und Größen, die in einem heftigen Streit miteinander lagen.
Alle zeigten Hörner, Zähne und Klauen und stießen, hauten und bissen damit aufeinander ein, als hätte man lauter Ritter als Tiere verkleidet. Nur waren keine Zuschauer da, kein König und keine Königin, auch keine Damen. Es war überhaupt niemand zu sehen.
Erst als Iwein aus dem Dickicht hinaus auf den Platz trat, sah er zu seinem Erstaunen, dass die Tiere doch nicht ganz unter sich waren. Mitten unter den wilden Tieren saß ein Mensch, auch wenn er nicht aussah wie ein Mensch, sondern wie ein Mann in Gestalt eines Ungeheuers.

5.
Der Mann in Gestalt eines Ungeheuers

ER WAR VOLLKOMMEN SCHMUTZIG, von Kopf bis Fuß schwarz, als trüge er eine Rüstung aus Schlamm. Sein Kopf war größer als der eines Ochsen. Sein Gesicht war rund wie die Tafelrunde. Der Mund darin war breit wie die Ofenklappen in den Küchen der tausend Köche bei Hof. Und seine Ohren waren groß wie Schüsseln, aber nicht aus Gold, sondern mit fettem Moos bewachsen.

So war auch die Nase und das ganze Gesicht, durch das Falten zogen wie tiefe Gräben. In der Mitte saßen rote Augen, die waren klein und zornig und wild. Vielleicht waren sie aber einfach nur müde.

Sein Haar war ein Teppich aus Ruß und Filz, und so war auch sein Bart. Von seinen Zähnen sprechen wir besser nicht, das waren die Zähne eines Ebers, richtige Hauer.

Sein Rücken war gebeugt, denn er trug einen Buckel, wie den Höcker eines Kamels. Anstelle von Kleidern trug er Felle, die hatte er seinen Tieren abgezogen.

So saß er zwischen den Tieren und sah ihnen ungerührt beim

Kämpfen zu. In der Faust hielt er eine Keule. Die gefiel Iwein gar nicht.
Aber Iwein fasste sich trotzdem ein Herz, schließlich suchte er Abenteuer. Wozu sonst war er unterwegs? Also trat er in die Mitte des Platzes, zwischen die wütenden Tiere. Dabei hielt er sein Immerschwert fest umfasst. Denn er fürchtete die Tiere. Den Mann fürchtete er auch. Vielleicht war dieser Mann gar kein Mann, sondern genau jenes Ungeheuer, von dem Keie unterm Tisch geflüstert hatte.
Und weil der seltsame Mann nicht sprach, erhob Iwein jetzt selbst seine Stimme und fragte:
»Willst du mir wohl oder übel?«
Der Mann in Gestalt eines Ungeheuers sagte laut und deutlich in menschlicher Sprache:
»Tust du mir nichts, tu ich dir nichts.«
»Und was bist du für einer?«, fragte Iwein.
»Ich bin, wie du siehst, ein Mann wie du«, sagte der Mann in Gestalt eines Ungeheuers.
»Wenn du ein Mann bist, was machst du dann zwischen den wilden Tieren?«, fragte Iwein.
»Das siehst du doch, ich hüte sie. Ich muss sie hüten, und sie müssen gehorchen«, sagte der Mann.
»Aber wie können dir diese Tiere gehorchen?«, fragte Iwein. »Sie sind wild, und kein Mensch kann sie zähmen.«
Da lachte der Mann in Gestalt eines Ungeheuers und sagte:
»Ich sehe, du verstehst nichts von Menschen und Tieren. Wa-

rum sollen sie nicht gehorchen? Sie müssen gehorchen. Ich zähme sie nämlich auf dreierlei Weise. Erstens mit meiner Hand, zweitens mit meiner Zunge und drittens mit meiner Geduld.«

Da schwieg Iwein verlegen, denn er verstand überhaupt nicht, wovon der Mann sprach.

Weil er schwieg, fuhr der andere fort:

»Hab keine Angst! So lange ich da bin, werden dir die Tiere nichts tun. Jetzt weißt du, was du wissen musst und musst mir sagen, was ich wissen muss. Wer bist du? Was suchst du? Falls du übrigens eine Bitte hast, dann will ich sie dir gerne erfüllen.«

»Ich suche Abenteuer!«, sagte Iwein.

Und der Mann in Gestalt eines Ungeheuers fragte:

»Abenteuer, was ist das?«

»Das will ich dir gern erklären«, sagte Iwein. »Du siehst, wie ich bewaffnet bin. Ich nenne mich Ritter und habe im Sinn, dahin zu reiten und ein Ungeheuer oder einen Mann zu suchen, der bewaffnet ist wie ich und mit mir kämpft. Es erhöht seinen Ruhm, wenn er mich schlägt. Aber wenn ich ihn besiege, dann bin ich endlich ein richtiger Mann und habe mehr Ehre als bisher.«

»Ehre, was ist das?«, fragte der Mann in Gestalt eines Ungeheuers.

»Du willst ein Mann sein?«, sagte Iwein laut lachend, »und weißt nicht, was Ehre ist?«

»Ich hüte die Tiere,« antwortete der Mann in Gestalt eines Ungeheuers. »Wozu muss ich da wissen, was Ehre ist? Aber da du schon hier bist, will ich es wissen, also sag es mir!«

»Ehre«, sagte Iwein, »das ist, was ein Mann braucht, um ein Mann zu sein, und ein Ritter, um ein Ritter zu sein. Die Rechnung ist einfach. Je mehr Ehre ein Mann im Leib hat, desto mehr ist dieser Mann ein Mann. Und je weniger er davon hat, desto weniger ist dieser Ritter ein Ritter. Und deshalb versteht jeder Mann sofort, dass jeder Ritter Ehre durch Ruhm suchen muss, um die Menge an Ehre im Leib zu vergrößern und immer mehr Mann und Ritter zu sein. Das ist einfache Mathematik, und deshalb suche ich Abenteuer.«

So hat es Iwein erklärt.

Aber der Mann in Gestalt eines Ungeheuers begriff überhaupt nicht, wovon Iwein sprach. Er fuhr sich nur ratlos durch den Bart. Dann hob er den Kopf und blickte Iwein verwundert an. Von oben bis unten.

»Ich hüte die Tiere und bin ein ehrlicher Mann«, sagte er. »Aber du sprichst seltsames Zeug, ich verstehe kein Wort. Noch nie habe ich jemanden von Ehre und Ruhm und Abenteuer reden hören. Aber was ich verstehe, ist das: Erstens bedrückt dich die Langeweile, zweitens willst du etwas erleben, und drittens willst du dein Leben riskieren, und zwar das Ganze auf einmal. Wenn das alles ist, was du suchst, dann suchst du wohl die Gewitterquelle. Da kann ich dir helfen. Hör mir gut zu.«

Von der Gewitterquelle hatte Iwein noch nie gehört, aber er

hörte gut zu und prägte sich alles genau ein, was ihm der Mann in Gestalt eines Ungeheuers erzählte:

»Hier in der Nähe steht eine Kapelle, nicht mehr als drei kurze Meilen entfernt. Bei der Kapelle ist ein Brunnen, darunter schläft die Gewitterquelle. Solange niemand die Quelle weckt, ist der Brunnen glatt und klar wie ein Spiegel. Denn dort, wo die Kapelle ist, kommen Regen und Schnee nicht hin und auch keine Winde, dort herrscht die reine vollkommene Ruhe. Gleich neben dem Brunnen steht eine Linde, die trägt ihre Blätter das ganze Jahr, sie kennt keinen Winter und bietet dem Brunnen Schatten und Dach.«

Und der Mann in Gestalt eines Ungeheuers fuhr fort:

»Jetzt kommt das Wichtigste: Oben am Brunnen steht ein kostbarer Stein, tief ausgehöhlt und mit vier Tieren aus Marmor als Stützen. An einem Ast hängt von einer silbernen Kette ein goldenes Becken herab. Willst du tapfer sein und dein Leben riskieren und die Gewitterquelle wecken, dann musst du jetzt nur das Folgende tun: Schöpf mit dem goldenen Becken das Brunnenwasser, und gieß es auf den Stein, der da steht. Wenn du Glück hast, kommst du mit Ehre davon, was immer diese Ehre auch ist. Wenn du kein Glück hast, dann beschütze dich Gott.«

Und der Mann in Gestalt eines Ungeheuers streckte unter dem Fell seine Hand aus, in der er noch immer die Keule trug. Und er zeigte mit seiner Keule nach links.

6.
Die Gewitterquelle

ALSO RITT IWEIN NACH LINKS. Er ritt nicht lange, nicht mehr als drei Meilen, denn der Mann in Gestalt eines Ungeheuers kannte sich aus. Die geschätzte Entfernung stimmte genau. Die Kapelle sah Iwein schon von Weitem, und daneben fand er sofort den Brunnen und über dem Brunnen das Dach der Linde. In der Linde saßen tausend Vögel, die schöner sangen als alle Vögel am Hof von König Artus.

Niemals zuvor in seinem Leben hatte Iwein einen so schönen Gesang gehört. Sein Herz begann noch heftiger zu schlagen, und einen Moment lang fragte er sich, ob die Vögel im Garten am Hof von König Artus nicht bloß erfundene Vögel wären.

Alles war genau so, wie der Mann in Gestalt eines Ungeheuers gesagt hatte. Da war die Kapelle, da war der Brunnen, da war die Linde, und da war auch der Stein.

Und was für ein Stein! Das war ein Smaragd, aus jeder Ecke leuchtete ein heller Rubin, kein Stern kann so leuchten! Und von einem Ast herab hing an der silbernen Kette das goldene Becken.

Iwein zögerte keine Sekunde. Jetzt, dachte er, hat die Stunde geschlagen, die große Stunde des Abenteuers. Er griff nach dem Becken, schöpfte damit Wasser aus dem Brunnen und goss das Wasser auf den schimmernden Stein.

Hätte er es doch nie getan!

Denn kaum hatte Iwein den Stein begossen, erwachte die Gewitterquelle, und die Sonne erlosch auf einen Streich, als hätte Gott selbst das Licht ausgemacht. Alle auf einmal verstummten die Vögel, als wären sie von den Bäumen gefallen, und der Himmel bezog sich mit schweren Wolken. Von allen vier Seiten zog ein Unwetter auf, und über alles legte sich eine Finsternis, die schwärzer war als der Immerwald, sodass man die Hand nicht vor Augen sah. Auch den Brunnen sah man nicht mehr und keine Kapelle und keine Linde.

Dann begannen die Blitze zu zucken und rissen wie Schwerter den Himmel auf und tauchten alles in ein entsetzliches Licht. Und so gewaltig krachte der Donner, dass alles, was lebte, zu Boden ging.

Auch Iwein musste zu Boden gehen. Nur sein Pferd hob sich vor Angst auf die Hinterbeine, aber es konnte sich auch nicht sehr lange halten und brach neben seinem Reiter zusammen.

Ihr wisst ja selbst, wie Unwetter sind. Erst kommen die Blitze, dann kommen die Donner, und dann kommt ein Regen. Aber das hier war schlimmer als Blitz und Donner, und der Regen danach war kein Regen, sondern ein Hagel mit Körnern wie Steine, die alles erschlagen, was atmet und lebt.

Die Blätter fielen von ihren Zweigen und die Zweige von ihren Ästen, und die Bäume riss es aus ihrer Erde, sodass sie wie fallende Riesen zu Boden stürzten.
Stellt euch jetzt Iwein vor, wie er neben dem Pferd auf dem Boden liegt. Das Gesicht auf der Erde und den Rücken von Hagel und Steinen zerschlagen. Seine ganze Rüstung war zerbeult, das Visier über seinem Gesicht ließ sich nicht mehr nach oben schieben, und er glaubte, er müsste ersticken.
Und mit der letzten Kraft seiner Stimme schrie er nach Gott, obwohl er nicht wusste, ob Gott seine Stimme unter dem Helm überhaupt hören konnte.
Aber als er sich schon ans Sterben machte, hörte der Sturm plötzlich auf zu toben. Denn so schnell und wild er begonnen hatte, so unerwartet legte er sich. Auf einmal wurde es wieder hell, und endlich gelang es Iwein, sich den Helm vom Kopf zu reißen und Atem zu holen.
Da hörte er plötzlich wieder die Vögel, und sie sangen noch schöner als zuvor. Neben ihm stand auf vier Beinen sein Pferd, selbst die Bäume standen wieder gerade, und es kam ihm auf einmal so vor, als wäre er fast schon im Paradies.
Jetzt wisst ihr, was Abenteuer bedeuten!

7.
Der Burgherr vom Land Nebenan

DAS IST ABER ERST DER ANFANG VOM ABENTEUER. Zwar kommt nach jedem Sturm eine Stille, aber nach jeder Stille kommt auch wieder ein Sturm.

Dieser Sturm kam aber nicht mit Donner und Blitz, sondern in Gestalt eines anderen Ritters, der in einem rasenden wilden Galopp auf die Kapelle und auf den Brunnen zusprengte, wo Iwein den Stein begossen hatte und wo er immer noch staunend stand, weil er nicht wusste, was wirklich passiert war.

Der Zorn und die Wut des fremden Reiters waren so groß, dass sie für ein ganzes Heer gereicht hätten, der Hufschlag seines Pferdes war lauter als Donner, sodass man dachte, es käme kein einzelner Mann, sondern eine ganze Armee. Und seine Stimme war laut wie ein Jagdhorn, als er rief:

»Unglücklicher, wer hat dich geladen? Wer hat dich gebeten, mein Gast zu sein? Was hast du in meinem Wald verloren? Was hast du an meinem Brunnen zu suchen? Du hast dich nicht an die Grenze gehalten! Du hast eigenmächtig das Recht gebrochen und hast mir großes Leid zugefügt. Also ist zwischen uns Krieg und kein Frieden!«

Weil er es meinte, wie er es sagte, griff er nach seinem Schwert. Und Iwein, der sah, dass die Sache ernst war, sprang auf sein Pferd, zog den Sattelgurt enger und griff gleichfalls nach seinem Schwert.

»Wer immer du bist!«, rief der fremde Ritter. »Ich muss es nicht wissen, und ich will es nicht wissen. Denn, so oder so, ich werde dich töten, und zwar jetzt und gleich hier, denn ich allein bin der Herr der Gewitterquelle. Ich bin nämlich der Burgherr vom Land Nebenan!«

Mit einem lauten Schrei gab er seinem Pferd die Sporen und stürmte rasend auf Iwein zu, sodass Iwein nichts anderes übrig blieb, als sich zur Wehr zu setzen, sonst wäre das nämlich sein Ende gewesen.

Ich könnte den Kampf zu Worten machen, aber ich war nicht dabei. Nur die zwei waren da bei dem Lindenbrunnen, und außer den Vögeln hat niemand gesehen, wie sie schlugen und stachen und hauten und rasten.

Nur so viel ist sicher, dass keiner von beiden ein Feigling war. Also musste der eine zu Tode kommen und der andere übrig bleiben. Und der Tote wird davon bestimmt nichts erzählen, denn der Tote ist tot, also müssen wir glauben, was der Andere sagt.

Und weil Iwein der Andere ist, also der, der bis heute am Leben ist, erzähle ich euch, was er mir erzählte. Nämlich wie er

nach einem langen Kampf dem großen Burgherrn vom Land Nebenan einen schweren Schlag durch den Helm schlug, hinunter bis dort, wo das Leben saß.
Der Andere spürte die Todeswunde und wusste genau, dass sein Ende kam. Aber weil er nicht dort am Brunnen unter den Augen seines ungeladenen Gastes sterben wollte, wandte er noch einmal sein Pferd und ritt, halb tot, halb lebendig, dorthin, woher er gekommen war, nämlich auf seine Burg. Und fast hätte er es auch geschafft, denn sein Pferd war sehr schnell.
Aber so wollte Iwein ihn nicht ziehen lassen. Also gab er seinem Pferd noch einmal die Sporen und setzte dem fliehenden Burgherrn nach.
›Halb tot ist schließlich nicht ganz tot‹, dachte sich Iwein. ›Ein halb Toter bringt nur die Hälfte der Ehre, genau wie ein halbes Abenteuer. Und halbe Abenteuer bringen überhaupt keinen Ruhm.‹
Und ohne Ruhm wollte er nicht nach Hause kommen, denn er dachte an die Zunge von Keie und wie der über ihn lachen wird, wenn er die ganze Wahrheit erfährt.
Also jagte er sein Pferd hinter dem Burgherrn her, der jetzt schon den Burgweg erreicht hatte.
Aber das nützte ihm nichts, denn Iwein saß ihm fest auf den Fersen, so dicht, dass einer des anderen Atem hörte, beide keuchten entsetzlich. Auch die Pferde keuchten und drängten dabei einander vom Weg, der für zwei Männer auf zwei Pferden viel zu schmal war.

Da tauchte vor ihnen endlich der Eingang zur Burg auf. Über den Toren zum Eingang der Burg hingen aber zwei schwere Fallgitter, die man zum Schutz gegen Feinde dort angebracht hatte.
Ein einziger falscher Schritt oder Tritt oder Ritt, schon saust so ein Gitter schwer nach unten und zerhaut und zermalmt, was es unter sich findet. Ob Eisen, ob Knochen, ist dem Gitter egal, es zerhaut einfach alles.
Der Burgherr kannte die Gitter genau, und obwohl Iwein ihm noch einen zweiten Schlag versetzte, ritt er jetzt mit allerletzter Kraft durch das erste Tor.
Und Iwein ihm nach. Doch da löste der Huf seines Pferdes das Tor aus, und das erste Gitter schlug krachend herab und zerschlug Iweins Pferd genau in der Mitte, scharf durch den Sattel von oben nach unten.
So viel ist klar: Hätte Iwein sich nicht sehr weit nach vorne gebeugt, weil er den Burgherrn erwischen wollte und darum fast auf dem Hals seines Tieres saß, hätte das Gitter auch ihn gespalten, von Kopf bis Fuß, genau wie sein Pferd.
So aber kam er davon und blieb am Leben, aber auch nur zur Hälfte. Denn jetzt war er gefangen. Hinter ihm war das Falltor geschlossen, und ebenso vor ihm das zweite Tor, durch das der halb tote Burgherr geflohen war.
So ist jetzt die Lage: Es gibt kein Zurück und auch kein nach vorn. Wie ein Tier im Käfig stand Iwein da, und neben ihm lag sein halbiertes Pferd.

Aber wenn ihr jetzt glaubt, er wäre verzweifelt gewesen, dann täuscht ihr euch. Iwein war überhaupt nicht verzweifelt. Stattdessen ärgerte er sich darüber, dass ihm der Burgherr entkommen war.

8.
Lunete

WIE IHR SEHT, war er immer noch mit sich selbst und mit seiner Ehre beschäftigt, während drinnen in der Burg der Burgherr lag und mit seinem Tod beschäftigt war. Denn er war für immer geschlagen. Zwar hatte er noch seine Ehre im Leib, aber die konnte ihn auch nicht mehr retten.

Was auch immer das ist, diese Menschenehre, von der ich genauso wenig verstehe wie der Mann in Gestalt eines Ungeheuers, sie kann jedenfalls kein Leben retten. Sie will das Gute und tut das Böse. Sie weiß, wie man kämpft, und führt gern das Schwert, sie schlägt lässig Arme und Beine ab, aber sie weiß nicht, wie man sie wieder ansetzt. Die Ehre versteht nämlich wenig vom Heilen, und sie nimmt auch nicht den Schmerz von der Wunde.

Aber was macht sie dann? Wozu ist sie gut? Wo versteckt sich die Ehre im Körper der Menschen? Man kann sie nicht sehen, man kann sie nicht hören, man kann sie nicht riechen. Das wusste der Burgherr vom Land Nebenan genau, denn er musste jetzt sterben.

Und während der Burgherr sterben musste, ging draußen vor dem Eingang zur Burg Iwein zwischen Gitter und Gitter wie ein Löwe im Käfig hin und her und überlegte, wie er entkommen könnte. Aber es war kein Ausweg in Sicht.
Hinter der Falltür sah er die Burg. Die war prächtig und groß, hoch und stark und überall mit roten Fahnen geschmückt. Und sie gefiel ihm sehr.
Sie gefiel ihm sogar so gut, dass er anfing, sich vorzustellen, wie schön es sein müsste, nicht draußen davor in der Kälte zwischen den Gittern zu stehen, sondern drinnen im Warmen unter Menschen zu sein und als ein ernsthaft geladener Gast zwischen dem Gastgeber und der Gastgeberin bei einem guten Essen am Tisch zu sitzen und Gespräche zu führen, Geschichten zu erzählen und Wein zu trinken.
Auf einmal hatte er großen Durst. Und natürlich auch Hunger. Erst jetzt merkte er nämlich, dass er weder gegessen noch getrunken hatte, seit er den Hof von Artus verlassen hatte.
Aber er war nicht als Freund oder Gast gekommen, sondern als Feind, ein Ritter in Waffen, das wusste er selbst. Schließlich hatte er gerade den Burgherrn erschlagen.
Das konnte nicht lange verborgen bleiben. Wahrscheinlich wussten es da drinnen längst alle. Deshalb war es auch höchste Zeit, zwischen Gitter und Gitter einen Fluchtweg zu suchen, und, noch viel wichtiger, einen zu finden.
Aber er fand nichts. Keine Tür, kein Fenster, keine Leiter, kein Loch, durch das er hätte entkommen können. Er rüttelte hef-

tig an den Gittern, aber sie ließen sich einfach nicht bewegen, nicht nach oben und auch nicht zur Seite.
So stand Iwein rüttelnd und fluchend, mal vorn und mal hinten. Bis plötzlich eine junge Frau zwischen die Gitter trat. Kein Mensch kann sagen, woher. Gab es also doch eine Tür? Wenn ich es wüsste, dann würde ich es euch sagen, aber die Frau hat es nicht verraten, das bleibt ihr Geheimnis.
Sie kannte nämlich Dinge und Wege und Gänge über und unter der Erde, von denen selbst Tiere nichts wissen. Sie stand einfach da wie vom Himmel gefallen und rief laut und verzweifelt:
»Unglücklicher Gast, was hast du getan! Du hast den Mann meiner Herrin erschlagen, den Herrn dieser Burg! Dein Leben ist so gut wie verloren. Denn wie man die Sache auch wendet und dreht, du hast dem ganzen Land Nebenan einen schrecklichen Schmerz zugefügt, den du nie wiedergutmachen kannst! Aber du hast dich tapfer geschlagen. Dass du ein richtiger Ritter bist, sehe ich gleich!«
Da war Iwein verwirrt, denn er verstand nicht genau, wovon sie sprach.
›Erst klagt sie mich an, dann lobt sie mich, wie passt das zusammen‹, fragte er sich.
Aber sie wartete gar nicht erst auf eine Antwort, sondern sprach einfach weiter:
»Du fragst dich, warum ich gekommen bin? Warum ich klage, verstehst du sofort, das versteht ja jeder. Nur warum ich dich

lobe, begreifst du nicht, denn du hast ein schlechtes Gedächtnis. Aber mein Gedächtnis ist gut. Ich erinnere mich nämlich genau, wie ich vor ein paar Jahren an einem blauen Sonntag am Hof von König Artus zu Gast war und wie schlecht man mich dort behandelt hat. Und das alles nur, weil ich nicht daran dachte, Ritter Gawein im Schachspiel gewinnen zu lassen. Denn ich wusste nicht, was bei euch üblich ist und dass immer die Herren gewinnen müssen. Und eine Frau, die sich nicht an die Regeln hält, sitzt, wie du weißt, immer allein am Tisch. Du hast mir trotzdem Wein eingegossen, du und sonst keiner. Da wusste ich, dass du ein Ritter bist, ein echter Ritter. Das will ich dir niemals vergessen.«

»Dann bist du Lunete«, rief Iwein und lachte. Und sein Gesicht wurde hell, denn die Erinnerung kehrte zurück.

Außerdem könnt ihr euch denken, wie glücklich er war, zwischen Gitter und Gitter eine bekannte Seele zu treffen. Und wie sehr er hoffte, sie würde ihm helfen! Vielleicht würde sie ihm sogar eine Tür verraten, durch die er doch noch entkommen konnte?

9.
Der Ring, der unsichtbar macht

GLAUBT ES MIR, oder glaubt es mir nicht: Lunete wollte ihm wirklich helfen. Sie war fest entschlossen, sein Leben zu retten, obwohl sie wusste, was alle wissen, dass Iwein ihren Herrn getötet hatte.

Wenn sie ihm nicht geholfen hätte, wäre das sicher sein Tod gewesen. Denn drinnen in der Burg waren die Männer längst aufgebrochen, um den Mörder ihres Herrn zu fangen.

Wie sie ihn da noch retten konnte? Eine Tür nach draußen gab es ja nicht, also musste sie ihn mit nach drinnen nehmen, in die Burg, durch eine kleine verborgene Tür, die nur sehen kann, wer weiß, dass sie da ist. Alle anderen sehen sie nicht. Aber bevor sie ihn durch die Tür schob, zog Lunete einen Ring aus der Tasche und sagte zu Iwein:

»Hör gut zu, dieser Ring hier wird dich beschützen, und ich sage dir jetzt genau, wie das geht. Du musst ihn fest in der hohlen Hand halten, dann kann dich auch mit offenen Augen und am helllichten Tag niemand sehen, egal, wie sehr er die Augen aufreißt. Dieser Ring macht dich nämlich von oben bis unten un-

sichtbar und schützt dich vor deinen Feinden. Halt ihn gut fest und lass ihn nicht los, denn ohne den Ring bist du verloren.«
Mit diesen Worten und mit dem Ring in der Hand schob Lunete Iwein durch die Tür und durch einen Flur in einen Saal. Da stand in einer Ecke ein Bett. Auf das setzte er sich.
Wie gut ihm das tat! Erst jetzt merkte er, wie erschöpft er vom Kämpfen war. Er spürte auch wieder Hunger und Durst. Und weil Lunete das sehr genau wusste, brachte sie ihm Essen und Trinken.
Während Iwein in einer Ecke des Saals auf dem Bett saß und aß und trank, hörte man draußen Gebrüll und Geschrei.
Das war kein Wunder, denn auf der Suche nach dem fremden Ritter, der ihren Herrn erschlagen hatte, waren die Männer des Burgherrn nach draußen gelaufen, hatten die beiden Gitter nach oben geschoben und nichts als zwei halbe Pferde gefunden, eine Hälfte davor und eine dahinter.
Wie groß ihr Zorn war, kann man sich denken. Wo ein totes Pferd ist, da muss schließlich ein passender Reiter sein. Aber weil nirgends ein Reiter zu sehen war, fluchten sie über Gott und den Teufel und über sich selbst. Denn wenn er nicht zwischen den Gittern war, dann war er wohl drinnen. Nur wie war er nach drinnen gekommen?
Die Männer rannten zurück durch das Tor, hinein in die Burg, durch alle Flure und Gänge. Sie waren mit Stöcken, Stangen und Schwertern bewaffnet, die man schlagen und klirren hörte.
Lunete hörte das durch die Tür und sagte zu Iwein:

»Iwein, sie kommen! Höchste Zeit für den Ring. Nimm ihn fest in die Hand. Und sieh zu, dass du ihren Schlägen entkommst, es geht um dein Leben.«

Mit diesen Worten verschwand sie durch eine der vielen Türen in einen anderen Saal und überließ Iwein seinem Schicksal.

Da sprang vorne die große Tür zum Saal auf, und die Männer des Burgherrn drängten herein, sie brüllten und schrien:

»Her mit ihm! Hier muss er sein! Wir werden dich fassen! Wir werden dich schlagen! Zeig dich, du Feigling, wenn du ein Mann bist!«

Sie waren bewaffnet bis an die Zähne, und vor lauter Wut und Enttäuschung darüber, dass sie nichts und niemanden finden konnten, zerschlugen sie in sämtlichen Sälen die leere Luft von oben nach unten.

Denn Iwein, der dort an der Wand auf dem Bett saß, sahen sie nicht, der trug ja den Ring. Aber er sah sie alle ganz genau, er sah auch ihre Schwerter und Stangen. Sie suchten ihn wirklich überall, nichts ließen sie aus, keinen Fleck, keine Ecke. Auch das Bett, auf dem er saß, untersuchten sie ganz genau.

Wäre Iwein nicht so geschickt gewesen, hätten sie ihn vielleicht doch noch erwischt. Aber suchten sie oben, lag er unten, und suchten sie unten, dann lag er oben, sie bekamen ihn einfach nicht zu fassen. Und so zogen sie weiter von Saal zu Saal, brüllend und fluchend und völlig erfolglos, als würden sie Schatten und Geister jagen.

10.
Laudine

SO KAM IWEIN DAVON. Aber nur auf den ersten Blick, denn er konnte ja nicht ewig mit Lunetes Ring in der Hand im Saal auf dem Bett sitzen bleiben.

Noch hielt er ihn fest in der Faust, weil sich wieder von irgendwoher Stimmen näherten, vor denen er sich verstecken musste, und schon wieder wurde die Tür aufgestoßen.

Diesmal trug man eine Bahre herein, darauf lag der Burgherr. Dass er tot war, konnte Iwein mit eigenen Augen sehen, er stand so dicht neben der Bahre, dass er den Toten hätte anfassen können. So gab er dem Burgherrn unsichtbar das letzte Geleit, aber außer Lunete konnte das niemand wissen.

Auch die Frau, die hinter der Bahre ging, wusste das nicht. Es war Laudine, die Frau des Burgherrn, den sie geliebt hatte wie ihr eigenes Leben, schließlich war er ihr Mann.

Während sie hinter der Bahre her ging, sah sie weder nach links noch nach rechts, denn sie war vollkommen mit ihrem Schmerz beschäftigt. Und dieser Schmerz war so groß, dass er ihr fast die Sinne raubte.

Hand aufs Herz! Weiß einer von euch, was es wirklich bedeutet, wenn der Schmerz einem Menschen die Sinne raubt? Wenn er vor lauter Schmerzen nichts mehr sieht und nichts hört und nichts riecht? Wenn innen und außen alles taub wird, wenn nichts als Schmerz den Körper ausfüllt, den ganzen Körper von oben bis unten!

Und nicht nur den Körper, sondern auch die Seele und den Verstand. Dann kommt es manchmal vor, dass ein Mensch seinen ganzen Verstand verliert, dann ist er von Sinnen.

So erging es Laudine hinter der Bahre. Sie weinte nicht, sondern sie schrie vor Schmerz. Sie raufte sich die Haare und zerriss ihre Kleider. Vor lauter Schmerz ging sie sogar in die Knie und fiel neben der Bahre auf dem Boden in Ohnmacht.

Wie lange sie in dieser Ohnmacht lag, weiß ich nicht, denn ich war nicht dabei. Und auch Iwein hat es mir nicht erzählt, obwohl er direkt daneben stand.

Denn Schmerzen kann man nicht weitererzählen. Man hat sie, oder man hat sie nicht, man muss sie am eigenen Leibe spüren. Und weil Iwein Laudines Schmerzen nicht hatte, hatte er auch keine Ohren dafür.

Aber er hatte Augen im Kopf. Nicht für die Schmerzen, sondern nur für die Frau. So schön war Laudine, dass Iwein fast den Verstand verlor, nicht aus Trauer und schon gar nicht aus Mitleid, sondern aus Liebe.

Wie ein Blitz hatte ihn diese Liebe getroffen, wie ein Schlag mit dem Schwert und zwar mitten ins Herz. Die Liebe und der

Schmerz sitzen nämlich beide im Herzen, eng nebeneinander, jedenfalls bei den Menschen.
Das ist jetzt die Lage: Iwein ist rettungslos verliebt, und seine Liebe heißt Laudine. Diese Liebe ist größer als jede andere Liebe und hat ihn nie mehr verlassen. Damals nicht und auch heute nicht.
Das nennen die Menschen die große Liebe, sie ist ihr Glück und ihr Unglück zugleich. Denn die Liebe ist blind, genau wie die Gewalt. Und sie kennt keine Gerechtigkeit. Wie kann man erst einen Mann erschlagen und sich danach in seine Frau verlieben? Ob das an der Vergesslichkeit liegt?
Als Iwein Laudine am Boden sah, hatte er alles andere vergessen. Er hatte den Hof von Artus vergessen und seinen Wunsch nach Abenteuern. Er hatte das Land Nebenan vergessen und den Mann in Gestalt eines Ungeheuers. Er hatte auch die Kapelle vergessen und die Linde und den Gesang der Vögel.
Auch die Gewitterquelle hatte er vergessen und den schrecklichen Sturm nach dem Wasserguss und danach den Kampf mit dem tapferen Burgherrn und die wilde Jagd auf dem Weg zur Burg. Und wie das Gitter nach unten sauste und sein treues Pferd in zwei Hälften schlug und dass er nur deshalb am Leben war, weil er weit genug vorne gesessen hatte.
Das alles hatte er vergessen. Und jetzt hätte er fast vergessen, Lunetes Ring weiter fest in der Faust zu halten. Denn er wollte nicht mehr unsichtbar sein, sondern aufspringen und zu Laudine hinüberlaufen, um sie vom Boden aufzuheben.

Wie gern er sie angefasst hätte!
Aber da geschah es, dass sich das weiße Tuch, unter dem der tote Mann auf der Bahre lag, auf einmal rot zu färben begann. Die Wunden des Toten begannen wieder zu bluten, weil das bei Toten so üblich ist, wenn derjenige, der sie erschlagen hat, sich ganz in ihrer Nähe befindet.
Und wieder begann ein großes Brüllen und Schreien. Die Träger warfen die Bahre zu Boden, sodass der Tote aus seinen Tüchern fiel. Und sie griffen nach Schwertern und Stangen und schrien wie vorher:
»Er ist hier! Der Mörder ist unter uns! Lass dich blicken, grausamer Mann! Wer auch immer du bist, ein Zauberer oder ein Geist, zeig dich, du Feigling, zieh endlich dein Schwert!«
Wie gerne hätte sich Iwein gezeigt! Es ging ihm gegen den Strich und die Ehre, dass sie ihn einen Feigling nannten. Und noch viel lieber hätte er sich Laudine gezeigt. Aber in einer Ecke neben der Tür stand Lunete und gab ihm ein Zeichen.
Wieder hauten und stachen die Männer in der Luft herum. Und wieder musste der unsichtbare Iwein ihren Schlägen ausweichen und entwischte wie ein Fuchs seinen Jägern.
Schließlich gaben die Männer auf und trugen fluchend den Toten auf seiner Bahre hinaus. Hinter dem Toten ging Laudine und weinte und hörte nicht auf zu weinen.
Auch nicht, als sich die Tür schon lange hinter ihr geschlossen hatte. Iwein hörte das ganz genau.

11.
Kopf und Herz

WÄHREND LAUDINE NEBENAN WEINTE, saß Iwein immer noch auf dem Bett.

Er war jetzt aber nicht mehr mit seiner Ehre beschäftigt, sondern nur noch mit seinem Herzen, das inzwischen so laut schlug, dass er fürchtete, man würde es in allen Zimmern der Burg hören. Sein Herz war nämlich plötzlich gewachsen, die Rüstung war ihm zu eng geworden, es wollte hinaus und schlug wie eine Trommel von innen gegen seine Rippen.

War Iwein womöglich krank geworden? Aber Iwein fühlte sich überhaupt nicht krank. Er fühlte sich gesünder als jemals zuvor in seinem Leben. Nicht nur gesünder, sondern auch stärker. Und nicht nur stärker, sondern auch größer.

Er platzte vor Kraft, nur dass er nicht wusste, wohin mit der Kraft. Denn er saß mitten im Saal einer fremden Burg auf einem Bett mit einem Ring in der Hand, der ihn unsichtbar machte. Wem hätte er da seine Kraft zeigen können?

Ihr könnt euch bestimmt denken, wie unruhig und ungeduldig er war. Das kennt ihr ja selbst. Wer sitzt schon gern herum und wartet? Warten ist schrecklich. Wie die Zeit sich dabei in die Länge zieht und immer länger wird, und die Ungeduld wird immer größer.

Schließlich war Iwein verliebt, über beide Ohren, da war nichts zu machen. In seinem Kopf gingen die Gedanken hin und her, besser gesagt, sie rannten und liefen rennend immer im Kreis. Genau wie sein ungeduldiges Herz.

Wie ihn diese Gedanken quälten! Denn oben in seinem Kopf saß der Verstand, und sein Verstand sagte ihm: ›Sieh zu, dass du fliehst, wenn man dich findet, wird man dich töten.‹

Aber sein Herz dachte gar nicht daran zu fliehen, sein Herz wollte am liebsten sofort aufstehen und endlich den Ring in die Tasche stecken und die Tür öffnen und sichtbar als ein ganzer Mann vor Laudine treten, vor die Herrin der Burg im Land Nebenan.

Tausendmal stellte Iwein sich vor, wie er die Tür zum Saal öffnen würde. Er öffnet die Tür, steht vor Laudine und sagt laut und deutlich:

»Laudine, ich liebe dich!«

Und Laudine sagt:

»Iwein, du hast meinen Mann erschlagen!«

Und Iwein sagt:

»Laudine, ich liebe dich mehr als mein Leben. Ich habe deinen Mann nur aus Notwehr erschlagen!«

Und Laudine sagt:

»Das verstehe ich nicht. Wenn du mich mehr als dein Leben

liebst, musst du an mich denken, nicht an dich. Wie kannst du da meinen Mann erschlagen?«

Da wusste er nicht, was er sagen sollte. Deshalb blieb er sitzen und stand nicht auf und ging nicht zu Laudine hinüber. Denn sein Verstand sagte ihm, dass Laudine recht hatte und dass sie ihn eigentlich hassen musste.

Während Iwein so da saß und seine Gedanken sich weiter im Kreis drehten, sodass ihm beinahe schwindelig wurde, ging die Tür auf. In der Tür stand Lunete und sagte:

»Was für ein Tag! Die ganze Burg ist hinter dir her, alle wollen dein Leben. Aber jetzt sind sie müde und sitzen beim Essen, jetzt kannst du entkommen. Schon morgen suchen dich alle umsonst, dann bist du wieder ein freier Mann. Ich werde dir einen Fluchtweg zeigen!«

Da lachte Iwein und rief:

»Liebe Lunete, ich will gar nicht fliehen! Ich will mich auch nicht länger verstecken! Glaub es mir, oder glaub es mir nicht, dies ist der schönste und glücklichste Tag meines Lebens! Ich habe Laudine gesehen, die herrliche Herrin vom Land Nebenan. Und ich liebe sie!«

»Das sind für mich keine Neuigkeiten«, sagte Lunete und lachte, »das sehe ich an deinen Augen. Dein Herz ist auch nicht zu überhören, es schlägt ja bis draußen auf den Flur und weckt alle Hunde!«

»Aber was soll ich tun?«, sagte Iwein. »Was kann ich machen? Wie kann ich Laudines Herz gewinnen? Sie muss mich doch hassen, schließlich habe ich ihren Mann erschlagen! Wie kann sie mich jemals lieben?«

»Ich kann dir sagen, warum sie dich lieben soll«, sagte Lunete, »und eines Tages muss sie dich lieben, weil du der beste Ritter von allen bist! Nur braucht sie dafür noch etwas Zeit. Halte einfach weiter den Ring in der Hand. Und quäl mich nicht mit deiner Ungeduld!«

12.
Der beste Ritter von allen

ALSO VERSUCHTE IWEIN, geduldig zu sein. In Geduld der Beste zu sein, ist allerdings schwerer als in jedem anderen Fach. Das wisst ihr besser als ich.

Keiner weiß, wie viel Zeit verging und wie lange Iwein dort unsichtbar saß. Waren es Stunden oder Tage? Iwein wusste es selbst nicht mehr. Wer kann sich ans Warten erinnern?

Aber eines Tages ist auch das Warten zu Ende. Irgendwann hörte nämlich im Saal nebenan die Burgherrin Laudine auf zu weinen. Und Iwein, der hinter der Tür stand und lauschte, hörte auf einmal Lunetes Stimme, die leise und deutlich sagte:

»Laudine, du hast jetzt genug geweint und getrauert. Dein Mann ist tot, keine Träne macht ihn wieder lebendig. Das Leben da draußen geht trotzdem weiter. Jetzt bist du die Herrin des Hauses, du musst dich selber kümmern. Um die Burg, um das Land und um den Wald Nebenan. Denk an die Gewitterquelle. Was, wenn niemand mehr deinen Brunnen bewacht? Von überall werden Leute kommen und nach Lust und Laune den Stein begießen, weil niemand mehr da ist, der ihn verteidigt. Und wenn sie den Stein begossen haben und der Sturm uns wieder den Wald verwüstet, kommen sie auch bis zu uns in die Burg. Wer soll uns dann schützen?«

»Das ist wahr«, sagte Laudine. »Aber was soll ich tun? Ich habe das Kümmern und Schützen nie gelernt, wer bringt mir das bei?«

»Das ist einfach«, sagte Lunete, denn sie hatte wie immer längst einen Plan. »Du brauchst einen Mann, der dir zeigt, wie das geht, und der dir hilft, deine Burg zu beschützen und alles, was sonst noch dazu gehört. Aber das müsste schon einer der Besten sein, am besten der Allerbeste der Besten.«

»Was du da redest«, sagte Laudine, denn sie hatte zwar aufgehört zu weinen, aber sie dachte immer noch an ihren toten Mann. Und der war für sie der Beste der Besten und sonst keiner. Jedenfalls in ihrer Erinnerung.

Aber Iwein, der immer noch hinter der Tür stand und lauschte, fand Lunetes Vorschlag großartig.

Er gefiel ihm sogar so gut, dass er schon anfing sich vorzustellen, er hätte Laudine längst geheiratet und würde bereits als neuer Burgherr die Burg bewachen. Und nebenbei das ganze Land Nebenan. Den Brunnen würde er natürlich auch bewachen, und jeden, der versuchen würde, unerlaubt den kostbaren Stein zu begießen, würde er in die Flucht schlagen.

Und wenn eines Tages Artus mit seinen Rittern käme, weil er sich auf der Hasenjagd bis ins Land Nebenan verritten hatte, würde er sagen:

»Willkommen, mein König, schön, dich zu sehen! Jetzt bin ich kein einfacher Ritter mehr, sondern selber ein Herr. Und meine Frau heißt Laudine. Das ist die schönste Frau von allen, sie ist sogar schöner als Ginevra.«
Nein, ganz so würde er das nicht sagen, nur in dieser Art, und ein bisschen höflicher. Aber alle würden da stehen und staunen. Der König und auch sein bester Freund Gawein.
Selbst Keie würde vor Neid erblassen, bevor er wieder seine gefährliche Zunge wetzte. Denn selbst Keie würde einsehen müssen, dass auch Abenteuer Früchte tragen und dass Iwein das große Los gezogen hatte.
Je länger Iwein sich seinen Träumen hingab, umso heftiger klopfte sein Herz. Und im Saal nebenan fragte Laudine:
»Was klopft da?«
»Das ist der Wind von nebenan«, sagte Lunete und lachte. »Der gibt dir denselben Rat wie ich und stellt dir genau dieselbe Frage. Hier ist sie: Nimm zwei Männer, die gegeneinander kämpfen. Einer gewinnt, und einer verliert, so will es das Spiel. Und jetzt meine Frage: Wer von beiden ist der Bessere?«
»Der, der gewinnt«, sagte Laudine sofort.
»Der, der gewinnt«, wiederholte Lunete und lachte wieder. »Und vielleicht hat er auch nur aus Notwehr gewonnen, wer kann das schon wissen. So oder so, ihn trifft keine Schuld. Also vergiss deine Tränen, und such nach dem Mann, der der Beste der Allerbesten ist. Nur so einer kann dich wirklich beschützen. Der muss stärker als jeder andere Mann sein und stärker

als der alte Burgherr, denn den hat man erschlagen. Und wenn du sicher regieren willst, darf dir das niemals wieder passieren!«

Da wurde Laudine böse, denn es gefiel ihr nicht, wie Lunete über denn toten Burgherrn sprach. Sie sagte leise und deutlich:

»Geh jetzt! Ich möchte mit meinem Kummer allein sein!«

13.
Lunete überzeugt Laudine

LUNETE GING. Aber nur, weil sie höflich und klug war. Wenn ihr glaubt, sie hätte schon aufgegeben, kennt ihr sie schlecht. Schließlich ist es kein Zufall, dass Lunete im Schachspiel die Beste von allen ist. Erinnert euch! Sie hat sogar Ritter Gawein besiegt. Und der spielt wirklich nicht schlecht.
Nicht dass ich etwas vom Schachspiel verstehe, aber Lunete liebt das Spiel über alles. Sie spielt so gut, dass sie selbst mit verbundenen Augen gewinnt. Und wenn keiner mehr gegen sie antreten will, weil alle längst wissen, wie gut sie ist und dass sie immer gewinnen wird, spielt sie manchmal auch gegen sich selbst.
Aber wenn Lunete gegen Lunete spielt, wer von beiden gewinnt dann? Ihr solltet sie sehen, wenn sie auf dem Brett die Figuren hin und her schiebt! Mal hierhin, mal dahin, und immer so schnell, dass sämtliche Ritter ins Schwitzen geraten, selbst die, die nicht spielen, sondern nur daneben stehen und Zuschauer sind.
Lunete spielt, als würde sie kämpfen, immer voran. Sie weiß

genau, wie man den Gegner verwirrt, um am Ende die Erste und Beste zu sein. Ihr schlagt ihr den Bauern, sie schlägt euch den Läufer, und wenn ihr nach ihrem Läufer jagt, hat sie schon längst euer Pferd erwischt. Und erwischt ihr das Pferd, dann steht ihre Dame längst vor eurem König und ruft: SCHACH!
So ist Lunete, wenn sie spielt. Ihr Gesicht ist dabei rot vor Freude, ihr werdet immer den Kürzeren ziehen! Denn ihr Verstand ist scharf wie ein Immerschwert. Deshalb hat sie auch keine Freunde.
Aber ein gutes Herz hat sie trotzdem. Und sie ist treu. Das sieht man daran, was weiter geschah und wie es Lunete am Ende gelang, Laudine davon zu überzeugen, dass sie nicht länger allein bleiben konnte.
Wie sie das machte, ist kein Geheimnis, sie macht es nämlich genauso wie ihr. Die Regeln kennt ihr besser als ich. Die erste und wichtigste Regel lautet: Man darf einfach nicht locker lassen, sondern fängt immer wieder von vorne an.
Am besten gleich morgens beim Frühstück. Und das geht so:
Lunete klopft bei Laudine an und sagt:
»Laudine, hast du jetzt nachgedacht? Willst du den Besten der Besten haben?«
Und Laudine sagt:
»Lass mich allein mit meinem Kummer!«
Kurz nach Mittag klopft Lunete schon wieder und fragt:
»Bist du so weit? Willst du den Besten der Besten nehmen?«
Und Laudine sagt:

»Lass mich mit meinem Kummer allein!«
Nach dem Kaffee klopft Lunete zum dritten Mal und fragt:
»Laudine, was macht dein Kummer?«
»Mein Kummer ist müde«, sagt Laudine.
Und Lunete sagt:
»Dann wollen wir ihn spazieren führen, damit dein Kummer an Frischluft kommt und auf andere Gedanken.«
Also gingen die beiden spazieren. Und während sie durch den Burggarten gingen, sagte Lunete:
»Laudine, hast du jetzt nachgedacht? Willst du den Besten der Besten nehmen?«
Und Laudine sagte:
»Wer soll das denn sein, dieser Beste der Besten?«
Da wusste Lunete, dass sie gewonnen hatte. Denn Laudines Neugier hatte ihren Kummer besiegt.
Also sagte Lunete:
»Wenn du wissen willst, wer der Beste ist, und zwar der Beste von allen, nichts leichter als das, den kann ich dir zeigen! Er sitzt im Zimmer gleich nebenan!«
Da erschrak Laudine, denn sie erinnerte sich daran, wie sie hinter der Bahre des toten Burgherrn durch den Saal nebenan gegangen war und wie sich die Wunden geöffnet hatten und wie wütend die Männer gewesen waren, weil sie den Besten der Besten nicht finden konnten.
Aber wenn man den Besten der Besten nicht findet, weil man ihn gar nicht sehen kann, wer ist dann dieser Beste der Besten?

Ein Zauberer oder ein Geist? Und wie kann der im Zimmer gleich nebenan sein?

»Aber der Beste der Besten ist doch kein Geist«, sagte Lunete und lachte. Denn sie war nicht nur gut im Schachspiel, sondern las auch mühelos fremde Gedanken. »Der Beste der Besten ist ganz lebendig, und der Beste von allen ist ein echter Ritter. Und wenn du es ganz genau wissen willst: Er saß bis vorgestern noch an der Tafelrunde. Er hat sogar einen eigenen Namen.«

»Wenn das so ist«, rief Laudine begeistert, dann will ich ihn sehen! Und zwar sofort!«

14.
Iwein und Laudine

PLÖTZLICH GING ES LAUDINE GAR NICHT MEHR schnell genug. Ihr fragt euch natürlich, wo ihr Kummer geblieben ist. Das frage ich mich auch. Ob ihr Kummer im Garten geblieben ist und sich schlafen gelegt hat?

Sie selbst war übrigens gar nicht müde, sondern ging mit schnellen Schritten zurück in die Burg, sodass Lunete Mühe hatte, hinterherzukommen.

»Lass mir Zeit,« rief Lunete, »damit ich dem besten Ritter Bescheid sagen kann! Vielleicht möchte er sich das Gesicht waschen, die Haare kämmen oder den Mantel bürsten, bevor er dir unter die Augen kommt.«

Aber Laudine sagte: »Wenn dieser Beste der Beste der Besten ist, wozu will er sich dann den Mantel bürsten oder die Haare kämmen? Der Beste der Besten muss immer schön sein, sonst ist er ja gar nicht der Beste von allen.«

»Das ist wahr«, sagte Lunete. Und weil sie den Augenblick nutzen wollte, beschloss sie, alles auf eine Karte zu setzen. Also stieß sie entschlossen die Tür auf und schob Laudine durch die

offene Tür, hinein in den Saal, in dem Iwein noch immer auf dem Bett saß und ungeduldig den Ring zwischen den Fingern drehte und davon träumte, endlich ein Burgherr zu sein.
Und jetzt sehen sie sich!
Laudine sieht Iwein und Iwein Laudine.
Das heißt, sie sehen die Wirklichkeit. Und die Wirklichkeit ist das Ende der Träume. Denn die Wirklichkeit ist kein Traum. Sie ist kein Spiel und kein Spaß, sondern laut wie zwei Herzen, die rasen wie ein doppeltbeschlagenes Pferd im Galopp. Als hätte einer den Stein am Brunnen begossen und einen schrecklichen Sturm ausgelöst.
Wie oft hatte Iwein von Laudine geträumt. Und wie oft hatte er sich vorgestellt, was er ihr alles sagen wird, wenn sie endlich vor ihm erscheint. Und jetzt war sie da und stand in der Tür. Und Iwein fiel überhaupt nichts ein.
Er war starr und stumm, er saß einfach da und drehte verlegen den Ring zwischen den Fingern, bis Lunete entschlossen sagte:
»Ritter! Du lebst doch und hast einen Mund! Laudine wird dich nicht beißen! Warum sprichst du nicht? Warum sagst du nicht, was du zu sagen hast, und bittest sie einfach um Verzeihung?«
Da stand Iwein auf. Aber er stand nicht sehr lange. Denn wie steht man vor einer Frau, die man mehr als sein Leben liebt und der man den Mann erschlagen hat? Man steht nicht, sondern wirft sich zu Boden und sagt nichts von dem, was man sagen möchte, weil alle Wörter zu Staub zerfallen.

So war es auch hier.
Glaubt es mir, oder glaubt es mir nicht, aber alle Wörter zerfielen zu Staub. Die Richtigen und die Falschen, die Guten und die Bösen, die von Iwein und die von Laudine. Sogar Lunetes Wörter zerfielen zu nichts.
Denn irgendwann sind auch die Wörter erschöpft. Dann legen sich die Wörter zu Boden und müssen warten, was kommt.
Erst kommt das Schweigen. Dann kommt die Stille. Aber nach der Stille kommt wieder ein Sturm, und nach dem Schweigen kommt wieder das Sprechen.
Und als Laudine Iwein vor sich auf dem Boden liegen sah, fasste sie sich ein Herz und sagte:
»Du hast meinen Mann erschlagen?«
Und Iwein sagte:
»Ich kann nichts dafür.«
Laudine fragte:
»Was hat dich dazu gebracht?«
Und Iwein sagte:
»Das war mein Herz.«
Und Laudine fragte:
»Was ist das für ein grausames Herz?«
»Es konnte nicht anders. Es träumte von dir«, sagte Iwein.
»Und wer hat dem Herzen dazu geraten?«, fragte Laudine.
Da lachte Iwein und sagte: »Das waren die Augen!«
»Und wer hat den Augen dazu geraten?«, fragte Laudine.
»Das war deine Schönheit!«, sagte Iwein. »Was sonst?«

»Wenn das so ist«, sagte Laudine, »dann steh auf und sag mir, wie du heißt! Ich muss doch wissen, wer du bist.«
Da stand Iwein auf und sagte:
»Ich bin Iwein, der tausendste Ritter der Tafelrunde, der immer neben der Königin sitzt. Rechts neben der Königin sitzt der große und mächtige König Artus, und neben dem König sitzt mein Freund Gawein. Aber links neben der Königin sitze ich.«
Da verstand Laudine sofort, wovon Lunete gesprochen hatte. Es gab keinen Zweifel mehr. Dieser Ritter musste der Beste sein. Denn er darf immer neben der Königin sitzen und ist von oben bis unten lebendig und schön. Und an der Seite trägt er ein Immerschwert. Das ist das Beste von allen.
Das wusste Laudine genau, denn auch im Land Nebenan erzählt man Geschichten und erfährt so Manches.
Sie wurde von oben bis unten rot. Aber dann rief sie lachend:
»Willkommen im Land Nebenan, Ritter Iwein! Ich gebe dir meine Hand und mein Herz!«

15.
Der Herzenstausch

UND JETZT FEIERN SIE HOCHZEIT!, werdet ihr rufen. Richtig und falsch! Nicht, dass man im Land Nebenan nicht weiß, wie man feiert, aber zum Feiern blieb keine Zeit. Denn es hatte sich längst herumgesprochen, dass der Burgherr nicht mehr am Leben war und dass niemand mehr den Brunnen bewachte. Das wusste Lunete genau.

Deshalb begann sie jetzt auch zu drängeln und sagte leise und wie nebenbei zu Laudine:

»Je schneller, je besser! Wer zögert, verliert!«

Laudine blickte Iwein an und sagte dasselbe:

»Je schneller, je besser!«

Und Iwein lachte. Er lachte vor lauter Glück, denn er konnte sein Glück noch nicht fassen.

»Also zeigt euch den Leuten«, sagte Lunete, »damit sie wissen, dass der neue Burgherr da ist. Ich gehe und hole den Priester, damit die Sache ihre Ordnung hat.«

Mit diesen Worten öffnete sie die Tür und schob Iwein und Laudine in den Saal nebenan, wo die Männer des Burgherrn

saßen. Iwein erkannte sie alle wieder, denn sie hatten ihn ja mit Stöcken und Schwertern gejagt und als Mörder und Feigling beschimpft.
Aber sie erkannten ihn nicht, weil ihre Augen ihn nie gesehen hatten. Also wussten sie auch nicht, wer er war. Stattdessen bestaunten sie ihn von oben bis unten, als wäre er vom Himmel gefallen. Und er gefiel ihnen richtig gut.
Sie sagten zu Laudine:
»Den und sonst keinen sollst du heiraten, einen besseren Mann wirst du auf der ganzen Welt nicht finden. Nicht einmal bei uns im Land Nebenan.«
Da freute sich Laudine natürlich. Aber wenn er ihnen nicht gefallen hätte, hätte sie ihn trotzdem geheiratet, denn sie liebte ihn schon jetzt mehr als ihr Leben.
Da öffnete sich eine andere Tür, und Lunete kam mit dem Priester herein.
Glaubt es mir, oder glaubt es mir nicht, aber das Heiraten ging so schnell, dass keiner von denen, die dabei waren, bis hundert zählen konnte. Laudine und Iwein knieten sich hin auf den Boden, der Priester legte seine rechte Hand auf Laudines Scheitel und seine linke Hand auf Iweins Scheitel. Dann fragte er sie, ob sie heiraten wollten.
Erst sagte Laudine ja, dann sagte Iwein ja. So gab ihnen der Priester den Segen Gottes. Danach küssten sie sich und wurden Mann und Frau.
Wie ihr seht, ist das Heiraten eine Kleinigkeit. Aber was danach

kommt, ist keine Kleinigkeit. Denn wenn man sich wirklich liebt, will man nicht nur Küsse tauschen, sondern sein Bestes geben. Das, wo bei uns allen das Leben sitzt. Man tauscht seine Herzen.
Das taten Iwein und Laudine.
Kaum war der Priester verschwunden, nahm Laudine Iwein fest an der Hand und sagte:
»Komm mit, ich zeige dir jetzt unser Zimmer, damit du weißt, wo wir heute Nacht schlafen werden.«
Und sie führte ihn zurück in den Saal mit dem großen Bett, auf dem Iwein schon früher gesessen hatte. Aber jetzt war er sichtbar, und Laudine auch. Und sie saßen ganz sichtbar und sehr nah nebeneinander auf dem Bett.
Das fühlte sich gut an. Und Laudine sagte:
»Iwein, es ist höchste Zeit, Herzen zu tauschen. Je eher, desto besser, wer zögert, verliert!«
»Je eher, desto besser, wer zögert, verliert!«, wiederholte Iwein, aber er war etwas weiß im Gesicht. Dann sagte er leise:
»Laudine, ich fürchte mich.«
»Ich fürchte mich auch«, sagte Laudine.
Da mussten sie plötzlich beide lachen. Dann wurden sie vor Freude rot. Und dann küssten sie sich.
Und dann legten sie ihre Angst zusammen. Denn wenn man die Angst miteinander teilt, löst sie sich einfach in Luft auf.
Und als die Angst sich in Luft aufgelöst hatte, tauschten sie Herzen.

Ich kann euch sagen, dass die Sache nicht einfach war. Man muss dabei nämlich vorsichtig sein, weil so ein Herz sehr empfindlich ist. Schließlich war Iweins Herz an Iweins Brust gewöhnt, und Laudines Herz war an Laudines Brust gewöhnt.
Denn den Herzen der Menschen geht es nicht anders als den Menschen selbst. Die Neugier zieht sie überallhin, aber sie fürchten sich trotzdem vor jedem Umzug. Schließlich packt man für immer und weiß nicht, ob man jemals zurückkommen wird. Vielleicht erst nach dem Tod?
Wie lange Laudine und Iwein zusammen im Saal auf dem Bett saßen und mit dem Tausch ihrer Herzen beschäftigt waren, kann ich euch nicht sagen. Ich war nicht dabei. Auch sonst war keiner dabei. Herzen tauschen können nur zwei.
Aber irgendwann erhoben sie sich und gingen zusammen hinaus in den Garten.
Und jeder von ihnen trug ein neues Herz in der Brust. Iwein das von Laudine und Laudine das von Iwein. Und die schlugen wie ein doppeltbeschlagenes Pferd im Galopp!
Das heißt, Iwein und Laudine sind jetzt für immer zusammen. Für immer und ewig. Nichts kann sie mehr trennen. Getauscht ist getauscht, ob es passt oder nicht.

16.
König Artus plant einen Ausflug

WIE GLÜCKLICH SIE WAREN, könnt ihr euch denken, jeder konnte das sehen.
Durch ihr Glück waren Iwein und Laudine nämlich sehr schön geworden. Sie waren noch viel schöner als vorher, obwohl man sich das kaum vorstellen kann, weil sie schon vorher die Allerschönsten waren.
Sie waren aber nicht nur glücklich und schön, sondern auch tüchtig. Sie kümmerten sich nicht nur um ihre Herzen, sondern um das ganze Land Nebenan, in dem Iwein jetzt Burgherr war und Laudine seine richtige Frau.
Und während Iwein glücklich und tüchtig war, saß König Artus an seinem Hof und fragte sich, wo sein Ritter steckte? Denn er vermisste ihn sehr an der runden Tafel, schließlich war Iwein einer der Besten der Besten.
Wieso war er einfach verschwunden? Wo war er gelandet? Was war aus ihm geworden? Lebte er? War er womöglich tot? Oder hatte er nur seine Ehre vermehrt? Das hätte er doch auch bei Hof machen können. Warum hatte er ihn verlassen?

Wie ihr seht, war der König gekränkt. Aber das zeigte er nicht, dazu war er zu stolz. Und Ginevra, die auch gekränkt war, zeigte es auch nicht, obwohl sie sich schon seit Langem fragte, warum Iwein sich ohne Abschied im Morgengrauen davon gemacht hatte.
Hatte er nicht immer gern neben ihr am runden Tisch gesessen und seinen Kopf auf ihre Schulter gelegt?
Auch Gawein ärgerte sich. Denn er vermisste seinen besten Freund sehr. Ohne ihn langweilte er sich noch mehr als sonst. Er hatte andauernd schlechte Laune, sogar am Schachspiel hatte er die Lust verloren. Und das will etwas heißen, schließlich war das sein Lieblingsspiel.
Anstatt Schach zu spielen, stritt er mit Keie, denn Keie ärgerte sich kein bisschen darüber, dass Iwein verschwunden war. Er hatte ihn nie besonders gemocht, weil Iwein ihm viel zu tüchtig war. Deshalb lachte er nur, wenn man von ihm sprach, und sagte höhnisch:
»Der Mann hat woanders sein Glück gefunden, umso besser. Ein Rittermund weniger zu füttern.«
Aber je länger sich Iwein nicht blicken ließ, desto größer wurde die Neugier des Königs.
Ihr wisst ja, dass Artus nichts weniger gern tat, als den Palast und den runden Tisch zu verlassen. Aber schließlich quälte ihn seine Neugier so sehr, dass er beschloss, sich selbst auf den Weg zu machen, auf eine kleine Jagd ins Land Nebenan. Vielleicht würde er dort irgendetwas erfahren.

Also ließ er sein Pferd satteln, steckte sein Immerschwert in den Gürtel, küsste zum Abschied Ginevra auf den Mund und die Stirn und sagte:
»Sonntag bin ich wieder zurück!«
Und Ginevra sagte: »Lass dir Zeit. Hier am Hof wirst du nichts verpassen.«

17.
König Neugier erlebt ein Abenteuer

WEIL ER NICHT ALLEIN REITEN WOLLTE, nahm König Artus zwei Männer mit, Gawein und Keie. Denn Gawein war treu und Keie war schlau, beides kann man gebrauchen.

Sie saßen auf und ritten davon, immer der Sonne nach bis ins Land Nebenan. Aber die Grenze bemerkten sie nicht, denn, wie ihr euch sicher erinnern werdet, sah das Land hinter der Grenze genauso aus wie davor. Und während er ritt, dachte Artus:

›Was habe ich doch für ein großes Land, ich kann reiten und reiten, und es hört niemals auf.‹

Aber da täuschte er sich. Denn plötzlich kamen sie auf die Rodung, wo der Mann in Gestalt eines Ungeheuers seine Tiere hütete.

Den hatte Artus niemals gesehen, er hatte auch niemals von ihm gehört. Und er dachte bei sich:

›Wie kann das sein, dass ich der König bin und nichts von diesem Mann auf der Rodung weiß und auch nichts von den wilden kämpfenden Tieren?‹

Er wandte sich an Keie und sagte laut:
»Warum hast du mir nie von diesem Mann erzählt, der in meinem Land sitzt und kämpfende Tiere hütet?«
Und Keie sagte:
»Weil ich nichts davon wusste! Wir haben dein Land längst verlassen, mein König. Wir sind längst im Land Nebenan, und im Land Nebenan herrscht ein anderer König!«
Da wandte sich Artus an den Mann in Gestalt eines Ungeheuers und fragte:
»Wer ist dein König?«
Der Mann in Gestalt eines Ungeheuers sagte:
»Ich bin ein ehrlicher Mann und hüte die Tiere, von einem König weiß ich nichts. Wer bist du?«
Da sagte König Artus gekränkt:
»Ich bin König Artus, das siehst du doch!«
Und der Mann in Gestalt eines Ungeheuers fragte:
»Suchst du Abenteuer?«
Da meinte der König, der Mann in Gestalt eines Ungeheuers wollte sich über ihn lustig machen, und sagte zornig:
»Natürlich suche ich Abenteuer, was denn sonst!«
Und der Mann in Gestalt eines Ungeheuers sagte:
»Vor einer Weile war schon einer da, der hat dasselbe gesucht wie du. Aber dazu auch noch Ehre und Ruhm. Ob er eins davon gefunden hat, weiß ich nicht. Aber wenn du von hier aus weiterreitest«, er zeigte mit seiner Keule nach links, »dann kommst du dorthin, wo er hinkam.«

Und der Mann in Gestalt eines Ungeheuers erklärte dem König und seinen Männern den Weg bis zum Brunnen, und wie sie Wasser draufgießen müssten, und dass sie dann etwas erleben würden.
Da wurde die Neugier des Königs so groß, dass er nicht einmal danke sagte, sondern seinem Pferd die Sporen gab und im Galopp davon ritt. Hinter ihm ritten Gawein und Keie.
Sie ritten der Sonne nach, der Wald wurde dichter, und es wurde dunkler. Dem König war nicht geheuer ums Herz, als die Äste ihm von oben und von allen Seiten gegen den Helm schlugen. Gawein und Keie erging es nicht anders.
Aber dann wurde es wieder hell, denn sie hatten den Platz mit dem Brunnen erreicht. Da war alles genau so, wie ihr es kennt. Da war die Kapelle, da war die Linde, da war der Brunnen. Und über dem Brunnen das Becken. Und Artus, der König der mächtigen Neugier, griff ohne zu zögern nach dem Becken, schöpfte Wasser und begoss den Stein.
Wir wissen genau, was jetzt geschieht! Dasselbe wie vorher. Donner und Blitze! Und wieder der Sturm und die fallenden Vögel und die stürzenden Bäume und der Hagel aus Steinen. Die ganze Welt hält den Atem an. Pferde und Männer gehen zu Boden und glauben, dass jetzt die Welt untergeht.
Aber wir wissen es besser. Denn nach jedem Sturm kommt wieder die Stille. Und in der Stille erhob sich der König und schlug sich den Schlamm von der Rüstung, und das taten Gawein und Keie auch.

Da begannen die Vögel wieder zu singen. Sie sangen so schön, dass selbst Keie den Mund halten musste, obwohl er gern gesprochen hätte, denn er freute sich, dass er noch am Leben war und noch seine Zunge im Mund hatte.

18.
Der neue Burgherr

ABER NOCH BEVOR SICH KEIE den Schlamm von der Brust geklopft hatte, stürmte in wildem Galopp ein Reiter auf die Kapelle zu. Ein richtiger Ritter, das sah man gleich. Er war groß und schön, und sein Pferd war gut. Nur sein Gesicht konnte man nicht sehen, sein Visier war nämlich heruntergeklappt, das heißt, er wollte nicht sprechen, sondern kämpfen.

Und er kämpfte gegen den Ersten von ihnen. Das war Keie, denn der drängte sich gleich nach vorn. Keie wetzt nämlich nicht nur seine Zunge, sondern manchmal sogar sein Schwert.

Gewinnen konnte er aber nicht, denn der Ritter schlug ihm mit einem Hieb das Schwert aus der Hand, und Keie fiel wie ein Sack vom Pferd auf den Boden.

Als Artus das sah, rief er:

»Du kämpfst gut, Ritter, wer bist du?«

Der Ritter rief zurück:

»Ich bin der Burgherr vom Land Nebenan!«

»Ich sehe, dass du ein Immerschwert trägst«, sagte Artus. »Also zeig mir dein Gesicht, und verrate mir deinen Namen!«

Da schob der Ritter lachend sein Visier nach oben und sagte: »Lieber König, du kennst mich doch, ich bin Iwein, der so oft neben dir an der Tafel saß!«
»Dass du Iwein bist, sehe ich«, sagte der König. »Gibt es sonst keine Neuigkeiten?«
»Neu ist, dass ich der Burgherr vom Land Nebenan bin und verteidigen muss, was mir gehört!« sagte Iwein.
»Ist das alles?«, fragte der König.
»Nein«, sagte Iwein. »Es gibt noch mehr Neues. Ich besitze nicht nur das Land und die Burg und den Brunnen, sondern auch die schönste Frau, die du jemals gesehen hast.«
Aber weil er den König nicht kränken wollte, setzte er schnell hinzu: »Ginevra natürlich nicht gerechnet!«
Da freute sich der König, denn er war stolz auf seinen Ritter. Und Keie freute sich auch, nicht wegen Iwein, sondern weil er selbst noch am Leben war.
Aber am meisten freute sich Gawein. Sein Gesicht leuchtete, als wäre die Sonne darin aufgegangen. So sehr freute er sich darüber, dass er endlich seinen besten Freund wiedergefunden hatte, dass er vor lauter Freude und Übermut sein Schwert ins Gras warf. Er lief zu Iwein hinüber und küsste vor lauter Glück den Fuß seines Freundes und zog ihn aus dem Steigbügel heraus. Den anderen Fuß auch. Und weil er sich vor Freude nicht halten konnte, zog er Iwein vom Pferd herunter, warf sich neben ihn ins Gras und rief lachend und laut:
»Du bist wieder da!«

Da ging Iwein das Herz auf. Denn plötzlich merkte er, wie sehr er Gawein vermisst hatte. Alle Erinnerungen kamen zurück, an all die Turniere, die sie zusammen gekämpft und gewonnen hatten und an all die blauen Bänder, die sie ihren Pferden gegenseitig in die Mähnen gebunden hatten. Einen Moment lang dachte er, er würde vor Glück sogar weinen.

Natürlich weinte er nicht. Dazu war er zu stolz und zu aufgeregt. Also sprang er auf beide Beine und rief:

»Jetzt will ich euch zeigen, was ich besitze. Steigt auf und kommt mit, ihr seid meine Gäste!«

Sie stiegen auf und ritten zur Burg. Vornweg ritt Iwein. Neben ihm ritt Gawein, dessen Rüstung vor Freude schepperte.

Hinter den beiden ritt neben Keie der große König der mächtigen Neugier.

19.
Schach dem Herzen

WIE PRÄCHTIG MAN SIE EMPFANGEN HAT!
Seit Iwein davongeritten war, hatte Lunete nämlich die ganze Zeit über am Burgtor gestanden. Deshalb war sie auch die Erste, die die vier Männer von Weitem sah. Sie lief zu Laudine und sagte:
»Laudine, wir bekommen Besuch! Zieh deinen roten Mantel an, und lass ein rotes Tuch auf die Tafel legen, damit sie sehen, dass auch wir festlich sein können!«
Also zog sich Laudine ihren roten Mantel an und ließ ein rotes Tischtuch auflegen. Es gab Kerzen und Kissen und Musik. Und zu essen und zu trinken sowieso. Alles war vorbereitet.
Als König Artus die Burg betrat, staunte er sehr. Nicht dass es war wie bei ihm zu Hause, denn nirgends könnte es sein wie bei Artus. Aber schön war es doch.
Und als er Laudine sah, staunte er noch mehr. Denn sie war schöner als alle anderen Frauen, die er jemals gesehen hatte. Ginevra natürlich ausgenommen, denn die liebte der König mehr als sein Leben.

Beim Essen saß der König zwischen Iwein und Laudine. Und zu seinem Erstaunen stellte er fest, dass er sich überhaupt nicht langweilte, sondern zum ersten Mal seit sehr langer Zeit selber Geschichten erzählte, und dass das Erzählen ihm Freude machte. Er ertappte sich sogar dabei, dass er nicht immer ganz bei der Wahrheit blieb, sondern dass er hier und da etwas hinzufügte oder änderte.
So behauptete er zum Beispiel, der Mann in Gestalt eines Ungeheuers hätte ihn mit seiner riesigen Keule bedroht. Und hätte er nicht sein Schwert gezogen, dann wären sie alle verloren gewesen. Auch gegen die wilden Tiere auf der Rodung hätten sie kämpfen müssen. Und zwar bis aufs Blut. Um das unter Beweis zu stellen, zeigte der König sogar ein paar Schrammen. Die hatte er von den herabfallenden Zweigen, das wussten die anderen genau. Aber aus Höflichkeit schwiegen sie.
Auch Iwein schwieg, weil er ein guter Gastgeber war, aber Laudine lachte und sagte: »Das ist eine schöne Geschichte, erzähl uns mehr davon!«
So kam es, dass Artus die ganze Nacht lang Geschichten für Laudine erfand. Und Laudine freute sich sehr. Nicht weil das wahre Geschichten waren, sondern weil es der König persönlich war, der sie erzählte.
›Ich habe den richtigen Mann geheiratet‹, dachte sie zufrieden. ›Der muss wirklich der Beste der Besten sein, wenn sein eigener König ihm nachgereist kommt, um seiner Frau Geschichten zu erzählen. Und diese glückliche stolze Frau bin ich.‹

Dass sie glücklich und stolz war, konnte man sehen. Der König sah das, Iwein sah das. Und Gawein sah das auch.
Und das gab ihm einen Stich ins Herz. Denn er dachte daran, dass sein bester Freund jetzt nicht mehr frei war, sondern dass er jetzt ein Burgherr und Ehemann war und vielleicht nie wieder mit ihm ausreiten würde. Er fühlte sich plötzlich einsam und traurig.
Aber da saß noch jemand mit an der Tafel, der mehr als alle anderen sah. Das war Lunete. Die saß gleich neben Gawein und sah ihm mitten ins Herz.
In Gaweins Herz saß die Eifersucht. Und weil sie Gedanken lesen konnte, wusste Lunete genau, was Gawein dachte.
Sie fasste ihn leicht und freundlich an der Schulter und füllte seinen Becher bis zum Rand hinauf mit Wein. Dann sagte sie leise:
»Gawein, erinnerst du dich an mich? Wir haben einmal vor vielen Jahren am Hof von König Artus Schach gespielt!«
»Dann bist du Lunete!«, rief Gawein. Und die Erinnerung gab ihm einen Stich. »Das war das schrecklichste Spiel meines Lebens, dabei habe ich meine Ehre verloren!«
»Möchtest du sie zurückgewinnen?«, fragte Lunete.
»Nichts lieber als das«, sagte Gawein.
»Nichts leichter als das«, sagte Lunete.
Sie zog ihn vom Tisch weg und brachte ihn in eine Ecke, wo auf einem kleinen Hocker das Schachbrett stand.
»Weiß oder Schwarz?«, fragte sie.

»Schwarz!«, sagte Gawein düster.
»Warum dunkel, wenn es auch hell geht?«, fragte Lunete.
»Mein Herz ist schwer«, sagte Gawein.
»Es wird schon wieder leichter werden,« sagte Lunete.
»Wie kannst du das wissen?«, fragte Gawein.
»Ich weiß das Meiste!«, sagte Lunete.
Sie begannen zu spielen. Und obwohl ich nichts vom Schachspiel verstehe, kann ich euch sagen, dass dies das schwerste Spiel war, das Lunete jemals in ihrem Leben gespielt hat.
Denn sie hatte den festen Plan gefasst, Gawein diesmal gewinnen zu lassen, damit er auf andere Gedanken käme.
Aber weil seine Gedanken düster waren, spielte Gawein an diesem Abend so schlecht, dass es vollkommen unmöglich war, gegen ihn zu verlieren.
Er spielte, als ginge er durch einen Wald, in dem er nie vorher gewesen war, als hätte er alle Regeln vergessen. Denn Gawein hatte weder den König im Kopf, noch Pferde oder Türme oder Läufer. Und die Dame interessierte ihn überhaupt nicht, obwohl sie im Schachspiel die Wichtigste ist.
Das kam, weil Gawein an Iwein dachte. An niemanden sonst.

20.
Im Garten

ALS ER SAH, dass er wieder verloren hatte, sprang Gawein auf und stieß alle Figuren um. Sie fielen auf den Boden und rollten unter den Tisch, wo Keie lag und halb schlief und halb wachte, während oben am Tisch Artus immer noch neben Laudine saß und seine Geschichten erzählte.

Keie lachte im Halbschlaf, und am Tisch sagte Iwein: »Gawein, was ärgerst du dich! Es ist doch nicht deine Schuld, wenn du verlierst, es ist nur dein Schicksal. Gegen Lunete kann keiner gewinnen, egal, wie viel Ehre er angehäuft hat.«

Dann stand er auf, nahm Gawein beim Arm und führte ihn hinaus in den Garten. Hinter ihnen ging Lunete. Aber ihre Schritte waren so leicht, dass die beiden sie gar nicht hörten. Deshalb glaubten sie, ganz unter sich zu sein.

Die Nacht war hell und schön, über der ganzen Burg lag ein besonderer Glanz, sodass es schien, als wäre alles aus Gold.

Selbst die Fallgitter schienen plötzlich aus Gold zu sein, auch der Burgweg hatte einen goldenen Schimmer, als liefe ein goldener Teppich darüber, und die Bäume im Garten trugen goldene Blätter. Vielleicht kam es Iwein auch nur so vor, denn er war durch und durch glücklich.

Er sagte zu Gawein:

»Siehst du jetzt, wie glücklich ich bin?«

»Ich sehe genau, wie glücklich du bist«, sagte Gawein. »Und ich fürchte mich vor deinem Glück!«

»Wieso fürchtest du dich vor meinem Glück?«, fragte Iwein erstaunt. »Das verstehe ich nicht.«

»Ich will es dir erklären«, sagte Gawein. »Mit dem Glück ist das nämlich so eine Sache. Man muss es sich erst richtig verdienen!«

»Was soll das heißen«, sagte Iwein, und er spürte einen heimlichen Ärger. »Meinst du, ich habe mein Glück nicht verdient?«

»Das will ich nicht sagen«, sagte Gawein. »Jeder Mensch hat das Glück verdient. Und du ganz besonders. Sonst wärst du ja nicht mein Freund. Aber manchmal kommt das Glück auch zu schnell. Und nicht nur zu schnell, sondern manchmal kommt auch zu viel davon, zu viel auf einmal.«

Da begann Iwein sich wirklich zu ärgern.

»Warum soll es zu viel sein? Ich habe immerhin dafür gekämpft«, sagte er zornig. »Ich habe sogar einen Mann erschlagen!«

»Ja, was für ein Held du bist«, sagte Gawein laut lachend, aber es hörte sich nicht sehr fröhlich an. »Tatsächlich, du hast einen Mann erschlagen! Und jetzt sitzt du zusammen mit seiner

Frau in seiner Burg und regierst sein Land. Was für ein Leben! Das Land ist schön, die Burg ist schön, und deine Frau ist die Schönste von allen, das sieht selbst, wer keine Augen hat. Laudine muss man lieben, das ist keine Frage. Aber weißt du auch, wie schnell ein Mann satt wird vom Glück? Er wird satt und träge und langsam, er geht vom Tisch in den Garten und vom Garten zum Tisch. Und abends liegt er bei seiner Frau und erzählt ihr Geschichten von Abenteuern, die er gar nicht selber erlebt hat.«

Iwein sagte nichts. Denn er dachte an den Hof von Artus und dass er den Hof des Königs verlassen hatte, um Abenteuer zu suchen. Aber er spürte genau, dass in seiner Brust jetzt ein anderes Herz schlug und dass er nicht mehr derselbe war, denn er hatte sein Herz gegen ein anderes getauscht. Das konnte Gawein natürlich nicht wissen.

»Und was soll ich deiner Meinung nach tun?«, fragte Iwein.

»Wie kann ich dir sagen, was du tun sollst«, sagte Gawein. »Ich bin nicht Laudine, ich bin nur dein Freund. Ich kann dir nur raten. Und ich rate dir, dass du dich nicht verliegst! Denn einer, der in seiner Burg sitzt und Nacht für Nacht neben seiner Frau im Bett liegt, anstatt draußen vor den Toren zu kämpfen, wie kann der ein richtiger Ritter sein?«

»Aber ich habe einen Brunnen zu bewachen«, rief Iwein. »Wer außer mir sollte das tun?«

»Die Welt ist voller Gewitterquellen«, sagte Gawein, »und voller Stürme und Abenteuer, nicht nur im Land Nebenan. So viele Turniere sind noch zu gewinnen! Deine Frau ist nicht nur schön, sondern auch klug, und wenn du sie morgen um Urlaub bittest, wird sie dich gerne ziehen lassen. Denn sie liebt dich, weil du ein Ritter bist, nicht weil du im Garten spazieren gehst. Deshalb musst du ein Ritter bleiben, um der Beste der Besten zu werden! In einem Jahr bist du wieder zurück und hast unterwegs so viel Ehre gesammelt, dass sie für den Rest deines Lebens reicht. Laudine wird für immer stolz auf dich sein. Und du kannst für immer den Brunnen bewachen.«

So redete Gawein. Und Iwein fühlte plötzlich eine seltsame Sehnsucht, aber die saß nicht im Herzen, sondern im Kopf und sagte ihm, dass es besser wäre, noch in dieser Nacht sein Pferd zu satteln und wieder auf Abenteuer zu ziehen.

Sein Herz war dagegen, aber sein Kopf war dafür. Ich glaube, das kam daher, dass Gawein so lange von Ehre sprach und wie man der Beste der Besten wird. Und Gawein redete lange und klug, so klug wie sonst nur Lunete spricht.

Während er sprach, stand Lunete hinten bei der Gartentür und hörte alles. In ihrer Brust schlug ein trauriges Herz.

Zwar konnte sie Gawein im Schachspiel besiegen, aber was er im Garten mit Iwein spielte, war ein anderes Spiel mit anderen Regeln. Und sie ahnte, dass sie verloren hatte.

21.
Abschied und Urlaub

AM MORGEN WACHTE IWEIN neben Laudine auf.
Der Tag war hell, Laudines Gesicht schimmerte in der Morgensonne, und sie war so schön, dass Iwein, wie an jedem Morgen, sein Glück nicht fassen konnte. Aber da fielen ihm plötzlich die Worte ein, die Gawein am Abend im Garten gesagt hatte.
›Es ist ja wahr‹, dachte er, ›mein Freund Gawein hat recht, ich darf mich nicht verliegen! Ich darf nicht in diesem Glück stecken bleiben, ich muss aufstehen und Abenteuer suchen, damit ich ein noch besserer Ritter werde, nämlich der Beste der Besten.‹
Da wachte Laudine neben ihm auf und sagte:
»Iwein, was ist? Mein Herz schlägt so unruhig in deiner Brust! Was ist los? Hast du Kummer? Machst du dir Sorgen? Wir haben doch König Artus zu Gast, der wird uns zum Frühstück wieder schöne Geschichten erzählen, und nachher gehen wir in den Garten.«
Es war wirklich ein herrlicher Tag für den Garten, der Himmel sah aus wie frisch gestrichen.

Da wurde Iwein traurig, denn während sie sprach, fühlte er wieder, wie sehr er sie liebte und dass er sie mehr liebte als sein Leben. Trotzdem fragte er sie:
»Laudine, ich habe eine große Bitte! Willst du sie mir erfüllen?«
Wie hätte Laudine nein sagen können? Ihr wisst ja selbst, wie schön Iwein ist. An diesem Morgen war er noch schöner als sonst, und sie rief lachend:
»Nur eine Bitte? Ich erfülle dir tausend! Wie könnte ich dir auch nur eine einzige Bitte abschlagen?«
»Laudine«, sagte Iwein, »ich brauche Urlaub!«
Da wurde es still neben ihm im Bett. Und als Iwein Laudine ins Gesicht sah, erschrak er.
Denn ihr Gesicht war mit einem Schlag dunkel geworden, als hätte jemand den Stein am Brunnen begossen und als zöge ein schrecklicher Sturm auf.
Ja, ihr Gesicht war fast so dunkel wie damals, als sie hinter der Bahre herging, um ihren toten Mann zu Grabe zu tragen.
Dann sagte sie leise und scharf:
»Wozu brauchst du Urlaub?«
Iwein sagte:
»Wolltest du nicht den Besten der Besten?«
Und Laudine sagte:
»Habe ich denn nicht den Besten der Besten?«
Da sagte Iwein:
»Laudine, es reicht nicht, dass ich dein Mann bin und dein

Land und deinen Brunnen bewache. Ich muss auch draußen noch weiter kämpfen, um meinen Namen größer zu machen, ich werde gebraucht!«

»Ich bin deine Frau, und ich brauche dich auch«, sagte Laudine.

»Auch ich brauche dich«, rief Iwein heftig, denn irgendwie kränkte ihn, was sie sagte. »Ich will dich doch nicht für immer verlassen, sondern nur für eine kurze Zeit! Gib mir ein Jahr, dann bin ich wieder zurück und bringe dir so viel Ruhm und Ehre mit, dass es für hundert Länder reicht. Dann bist du die glücklichste Frau von allen!«

»Aber ich bin jetzt schon glücklich«, sagte Laudine. »Glücklicher kann ich nicht werden. Wozu brauche ich Ruhm für hundert Länder? Ich habe nur ein Land, und das ist groß genug und schwer genug zu bewachen. Überhaupt, wie soll das gehen? Du trägst doch mein Herz in deiner Brust. Und mein Herz ist ein Herz, das nicht reisen will, sondern da bleiben, wo es ist!«

»Und du trägst mein Herz«, sagte Iwein. »Und mein Herz ist ein Herz, das reisen muss, um nachher für immer bei dir zu bleiben.«

So kam es, dass sie zum ersten Mal stritten. Wie das kam, verstehe ich nicht, sie liebten sich doch. Aber weil sie sich liebten, und weil Laudine die Klügere war, sagte sie schließlich:

»Hören wir auf zu streiten, das führt zu nichts. Ich habe mich selber ins Unglück gebracht. Ich habe dir vorhin mein Wort

gegeben, und das will ich halten. Niemand soll sagen, ich breche mein Wort. Also werde ich deine Bitte erfüllen.«
Sie stand vom Bett auf, warf sich ihren roten Mantel über und ging hinüber zu einem Tisch, auf dem eine kleine Schachtel stand.
In dieser Schachtel befand sich ein Ring. Der war aus Gold und trug einen roten Stein. Laudine legte Iwein den Ring in die Hand und sagte:
»Iwein, hör mir gut zu, und präg dir meine Worte genau ein! Ich liebe dich mehr als mein Leben. Noch nie habe ich einen Mann so geliebt wie dich. Deshalb gebe ich dir diesen Ring, niemandem sonst würde ich ihn geben. Pass gut auf ihn auf. Denn er schenkt dem, der ihn trägt, Glück und Erfolg! Aber vergiss eins nicht: Heut ist der rote Sonntag nach Ostern, und bist du in einem Jahr nicht zurück, genau auf den Tag, dann ist das für unser Land ein Unglück. Für dich und für mich aber wäre das schlimmer als der Tod.«
Mit diesen Worten reichte sie Iwein den Ring. Er zog ihn fest auf seinen Finger. Aber als er Laudine zum Abschied küssen wollte, sagte sie leise:
»Küssen kannst du mich nächstes Jahr, wenn du wieder da bist!«
Ich könnte euch viel über den Abschied erzählen, aber das tue ich nicht, denn der Abschied war traurig. Laudine weinte erst hinterher, den Männern zeigte sie keine Träne.
Die waren gleich nach dem Frühstück davongeritten. Vor-

neweg der König mit Keie und hinter ihnen Iwein und Gawein.
Dass Gawein kein bisschen traurig war, könnt ihr euch denken. Es war schließlich alles nach Wunsch gegangen, neben ihm ritt sein bester Freund, und Gawein sang vor sich hin.
Aber Iwein war nicht nach Singen, und das ist kein Wunder. Er trug ja Laudines Herz in der Brust. In seinen Gedanken sah er sie immer noch in ihrem roten Mantel am Burgtor stehen und wie sie die Hand hob, um noch einmal zu winken. Neben ihr stand Lunete und winkte auch.
Wie oft sich Iwein umgedreht hat! Bis Gawein ihm auf den Rücken schlug und übermütig rief:
»Dreh dich nicht um, wer zögert, verliert! In einem Jahr bist du wieder zurück, dann ist Laudine schöner denn je, und Lunete spielt immer noch Schach. Dann hast du Ehre in Hülle und Fülle. Aber bis dahin ist noch viel Zeit. Und bis dahin haben wir Spaß!«

22.
Blaue Bänder

SIE HATTEN WIRKLICH SPASS.
Denn während König Artus mit Keie an seinen Hof zurückkehrte, nahmen Iwein und Gawein eine andere Straße und ritten von Turnier zu Turnier. Und egal, wohin Iwein und Gawein kamen, sie waren immer die Besten, weil sie hauten, schlugen und stachen wie vor ihnen keiner gehauen und gestochen hat. Alle staunten darüber. Und überall sagten die Ritter und Damen:
»Diese zwei Ritter sind völlig unschlagbar, nichts und niemand wird sie jemals aus dem Sattel werfen!«
Dabei gewannen sie so viele blaue Bänder, dass sie gar nicht mehr wussten, wohin damit. Vor lauter Bändern waren die Mähnen ihrer Pferde schon ganz blau. Deshalb nannte man sie auch die blauen Ritter oder die blauen Zwillinge.
Wo Gawein kämpfte, da kämpfte auch Iwein, und wo Iwein kämpfte, kämpfte auch Gawein. Nie ließ einer den anderen im Stich. Ihre gemeinsame Zeit verging wie im Flug, und keiner dachte an etwas Böses.

Aber wusste Gawein wirklich, wer an seiner Seite kämpfte? Und dachte Iwein jemals daran, was er unter seiner Rüstung trug? Schließlich kämpfte er nicht mit dem eigenen Herzen, sondern mit dem von Laudine.
Wie man sieht, kämpfte er damit besser als je zuvor. Laudines Herz war es, das ihm Kraft und Mut gab und den Wunsch, von Tag zu Tag besser zu werden. Ob er deshalb so wenig an sie dachte, weil sie so nahe beim ihm war?
Aber da war ja auch noch der Ring. Ihr erinnert euch bestimmt an den Ring? An den goldenen Ring mit dem roten Stein, den Laudine Iwein zum Abschied gegeben hatte.
Und sie hatte gesagt: ›Er schenkt dem, der ihn trägt, Glück und Erfolg!‹
Diesen Ring trug Iwein Tag und Nacht und legte ihn auch beim Waschen nicht ab. Jedes Mal, wenn er sein Pferd auf den Kampfplatz führte, um wieder ein neues Turnier zu gewinnen, küsste er vorher den roten Stein. Und jedes Mal, wenn er den Stein küsste, kam es ihm vor, als würde eine ganz besondere Kraft in seine Arme und Beine schießen.
So zogen sie von Turnier zu Turnier, die blauen Zwillinge Iwein und Gawein, und sammelten Ehre. Und während sie Ehre auf Ehre häuften und einen Sieg auf den anderen und glaubten, damit ihren Ruhm zu vermehren, wurde umgekehrt ihre Zeit immer knapper.
Die Stunden vergingen, die Tage vergingen, die Wochen liefen fast spurlos vorüber, aus den Wochen wurden Monate, die

waren kurz wie Sekunden. Und aus den Monaten wurde ein Jahr.
Aber das merkten Iwein und Gawein gar nicht, ich wette, ihr hättet es auch nicht gemerkt. Denn ohne Vergesslichkeit gibt es kein Vergnügen. Wer Spaß hat, vergisst schnell den Rest der Welt, und die Zeit, die beim Warten immer so lang wird, rennt auf einmal davon. Wo eben noch Morgen war, ist plötzlich Abend, und für den, der gewinnt, ist ein Jahr so kurz wie ein Atemzug.
So ist die Zeit. Ihr wisst ja, dass mich die Zeit nicht kümmert, und Iwein kümmerte sich auch nicht darum, denn er träumte von nichts als von Ehre und Ruhm. Aber das war wahrscheinlich sein größter Fehler und der Grund für sein ganzes Unglück. Und ich will euch auch sagen, warum.
Während Iwein spielte und kämpfte, saß im Land Nebenan seine Frau Laudine und war ein Jahr lang mit Kümmern und Warten beschäftigt. Es ist nämlich so, dass man im Land Nebenan sehr genau auf die Zeit achtet und darauf, kein falsches Wort zu geben und seine Versprechen auch einzuhalten.
Erinnert euch an das, was Laudine Iwein zum Abschied sagte. Sie sagte:
›Heut ist der rote Sonntag nach Ostern, und wenn du in einem Jahr nicht zurück bist, dann wird das ein großes Unglück sein.‹
Genau das hat Laudine gesagt.

23.
Der rote Sonntag nach Ostern

JETZT WAR DIESES GANZE JAHR VERGANGEN, von Ostern bis Ostern, und Iwein und Gawein hatten es nicht gemerkt. Aber dann kam der rote Sonntag nach Ostern. Und wieder gab es ein großes Turnier. Sogar König Artus war gekommen und mit ihm die Königin und Ritter Keie und noch ein paar andere Ritter.

Und wieder hatten Iwein und Gawein gewonnen. Der König war sehr stolz auf sie, und die Königin auch.

Draußen vor den bunten Zelten lagen neben dem Kampfplatz die Ritter. Über dem Feuer brieten tausend Ochsen, die Weinmeister rollten tausend Fässer. Und Keie brüllte laute Befehle. Wie man sieht, waren alle bester Laune, und niemand dachte daran zu sparen.

Allerbester Laune war auch Gawein, denn er war gerade damit beschäftigt, seinem tüchtigen Pferd das tausendste blaue Band in die Mähne zu flechten, was nicht einfach war, weil kaum noch ein Haar in der Mähne zu finden war, an dem nicht schon ein blaues Band hing.

Auch Iwein suchte nach einem Platz in der Mähne. Aber während er seinem Pferd mit der rechten Hand durch die Mähne fuhr, fiel sein Blick plötzlich auf den Ring an seinem Finger. Da kam es ihm auf einmal so vor, als wäre der Stein in der Mitte des Ringes größer und röter als vorher, ja, er leuchtete so stark in der Sonne, dass es Iwein wie ein Blitz in die Augen fuhr, sodass er die Augen schließen musste, denn sie taten ihm weh. Der rote Blitz aus dem Stein des Ringes fuhr mitten in seine Vergesslichkeit und brachte die Erinnerung zurück. Der Ring war ja rot wie der rote Sonntag.

Der rote Sonntag nach Ostern!

Da sah Iwein plötzlich Laudine vor sich, wie sie als Herrin vom Land Nebenan in ihrem roten Mantel am Burgtor steht und aus der Ferne zum Abschied winkt.

Die Erinnerung war so heftig und stark, dass Iwein eine schreckliche Sehnsucht befiel. Wären da nicht die anderen gewesen, vor denen Iwein sich schämte, weil er ein Mann war, dann hätte er sich ins Gras geworfen, um mit seiner Sehnsucht allein zu sein.

Aber weil er seine Gefühle nicht zeigen wollte, legte er seinen Kopf in die Mähne des Pferdes und tat so, als würde er ein freies Haar für das tausendste Band suchen.

Wenn ihr mich fragt, ich glaube, er weinte. Denn als die Sonne auf den Stein seines Ringes fiel, begriff Iwein sofort, dass sein Urlaub zu Ende war. Ein ganzes Jahr war vergangen, seitdem er Laudine verlassen hatte.

Und ihn durchfuhr ein heißer Schrecken, und mit dem Schrecken ergriff ihn entsetzliche Angst. In seinem Herzen rief eine laute Stimme: ›Iwein, du hast die Frist versäumt. Du hast dich nicht an dein Versprechen gehalten!‹
Aber es war zu spät! Selbst wenn er jetzt, noch in dieser Sekunde, das Schnellste aller Pferde bestiegen hätte, und selbst wenn dieses Pferd hätte fliegen können, er wäre noch immer zu spät gekommen. Seine Frist war unwiderruflich abgelaufen.
Wieder und wieder hörte er in seinem Kopf Laudines traurige Stimme, und ich wette, ihr hört sie auch. Ihr wisst bestimmt noch so gut wie ich, was sie sagte, als Iwein die Burg verließ: ›Und bist du in einem Jahr nicht zurück, dann ist das schlimmer als unser Tod!‹

24.
Der Fluch

WIE VERZWEIFELT IWEIN WAR, könnt ihr euch denken! Die plötzliche Sehnsucht nach Laudine quälte ihn so sehr, dass er sich die Rüstung von der Brust riss, weil er glaubte, er müsste ersticken.
Aber mit frischer Luft war ihm auch nicht zu helfen, auch nicht mit blauen Bändern und Worten. Während alle um ihn herum aßen, tranken und sangen und tanzten, fühlte er sich vollkommen allein.
Plötzlich stand Gawein hinter ihm, schlug ihm auf die Schulter und rief: »Steh auf und tanz mit uns!«
Iwein starrte ihn voller Entsetzen an.
»Tanzen willst du?«, schrie er. »Weißt du denn nicht, was geschehen ist? Wie könnte ich tanzen? Gawein, meine Frist ist verstrichen!«
Aber Gawein verstand nicht, wovon Iwein sprach. Er konnte sich nämlich an nichts erinnern, er hatte wirklich die Zeit vergessen. Und von Iweins Fristen wusste er nichts. Schließlich war Gawein ein freier Mann, ohne Burg und Frau.

Wie einer, der nicht in die Schule muss und nicht weiß, was es heißt, wenn der Wecker nicht klingelt und man träumend den Tag verschläft. Aber wie schrecklich dann das Erwachen ist, wenn man aufwacht und weiß, dass alles zu spät ist.
Für Iwein war es das schrecklichste Erwachen seines Lebens, denn er hatte nicht nur verschlafen, er hatte alles verloren. Er hatte nicht nur alles verloren, sondern auch alles selber verspielt. Alles war durch seine Schuld geschehen, durch seine eigene Unaufmerksamkeit.
Und was ist mit Gawein?, werdet ihr sagen. War es nicht Gawein, der ihn verführt hat, Urlaub zu nehmen und wegzugehen?
Richtig und falsch. Gawein hat Iwein überredet, aber gegangen ist Iwein selbst. Ihn hatte sein eigenes Schwert erschlagen. Denn er hatte sein ganzes Glück ohne Not und ohne Verstand aufs Spiel gesetzt. Das ganze Land Nebenan. Seine rote Burg. Und seine herrliche Frau.
Seine Ehre konnte ihn auch nicht mehr retten. Denn wie groß diese Ehre auch immer ist, verlorene Zeit holt sie nicht zurück. Das ist jetzt die Lage.
Aber bevor Iwein Gawein erklären konnte, warum er so schrecklich verzweifelt war, näherte sich in raschem Galopp auf einem kleinen kräftigen Pferd eine stürmische Dame.
Ihr habt längst erraten, wer das war. Es war Lunete.
Sie sprang vom Pferd. Ihr Gesicht war grau wie Asche. Ihr Blick war grimmig. Ihr hellroter Mantel wehte im Wind. Sie hielt die

Zügel des Pferdes fest in der Hand. Ihre Hände zitterten nicht. Aber ihre Stimme zitterte, als sie jetzt zu sprechen begann. Und alle, die sie hörten, begriffen, dass sie nicht gerne sagte, was sie jetzt sagte.

Aber sie musste es sagen, denn sie war nicht in eigenem Auftrag gekommen, sondern aus ihr sprach die Stimme Laudines. Niemand anderer als Laudine hatte sie hergeschickt.

»Laudine aus dem Land Nebenan lässt euch grüßen!«, rief Lunete. »Sie wünscht euch viel Glück bei euren Spielen. Und dass der Beste der Besten gewinnt! Aber einer ist unter euch, den lässt sie nicht grüßen, den wird sie ihr Leben lang nicht mehr grüßen. Das ist der treulose Ritter Iwein, der schlechte Burgherr vom Land Nebenan, der seine Frau verraten hat, denn er hat sein Versprechen nicht gehalten. Und ein Ritter, der sein Versprechen nicht hält, wie kann der von Ehre reden?«

Lunete verstummte für einen Moment. Alle sahen, wie schwer es ihr fiel, weiterzusprechen, sie sagte nicht gern, was sie sagen musste. Und während sie dort stand und sprach und sagte, was sie nicht sagen wollte, zog in Iweins Geist plötzlich sein Leben vorüber.

Sein kurzes und herrliches Ritterleben! Als sähe er alles zum ersten Mal.

Er sah den Hof seines Königs, neben dem König die Königin, die runde Tafel und tausend Ritter. Dann den nächtlichen Ritt ins Land Nebenan, den Mann in Gestalt eines Ungeheuers, die Gewitterquelle und den Kampf mit dem Burgherrn, und wie

das Gitter heruntersauste und ihm sein Pferd in zwei Hälften schlug.
Danach Lunete, mit dem Ring in der Hand, der ihn unsichtbar machte, sodass die Burgleute ihn nicht treffen konnten. Und jetzt Laudine hinter der Bahre, er sah, wie sie weinte, wie schön sie war, und wie sich das Laken zu röten begann, weil die Wunden des Burgherrn zu bluten begannen.
Er sah sich selbst im Saal auf dem Bett, und er hörte sein Herz, das damals noch sein eigenes war. Er hörte es laut und sehnsüchtig schlagen, und er erinnerte sich daran, wie er aufstehen wollte, um in den Saal nebenan zu Laudine zu gehen und ihr zu sagen:
»Laudine, ich liebe dich!«
Und Laudine sagte: »Du hast meinen Mann erschlagen!«
Und er sah sich dort sitzen und warten und davon träumen, ein Burgherr zu sein. Bis Lunete plötzlich die Tür aufmachte, auf einmal stand Laudine vor ihm, und er sah sich selber zu Boden gehen, bis Laudine sagte:
»Iwein, steh auf!«
Das war in seiner Erinnerung der allerschönste Moment in seinem Leben. Dann kam der Priester. Laudine und er wurden Mann und Frau. Dann tauschten sie Herzen. Und außer Lunete wusste das niemand.
Deshalb war es hier auf dem Platz für Iwein und Lunete besonders schwer. Für Lunete, weil sie sagte, was sie sagen musste, für Iwein, weil er hörte, was er hören musste.

Ich will ihre Worte nicht wiederholen, sie waren schlimmer als jeder Fluch. Und als wären die Worte nicht schlimm genug, mit denen Lunete Iwein verfluchte, trat sie zum Schluss zu Iwein hin und sagte:
»Iwein, gib mir die Hand, damit ich den Ring wieder an mich nehmen und ihn Laudine zurückbringen kann. An der Hand eines Mannes, der seiner Frau nicht die Treue hält, hat dieser Ring nichts verloren.«
Mit einem raschen Griff zog sie Iwein den Ring vom Finger, steckte ihn unter den hellroten Mantel, sprang auf ihr Pferd und ritt davon.
Hätten wir ihr Gesicht gesehen, dann hätten wir ihre Tränen gesehen. Denn ich weiß ganz genau, dass Lunete mit Laudine nicht einig war, weil sie wusste, dass Iwein Laudine mehr liebte als sein eigenes Leben, obwohl er die Frist vergessen hatte.
Denn sie hielt ihn immer noch für den Besten der Besten. Und das tue ich auch.

25.
Iweins Wahnsinn

KAUM HATTE LUNETE DEN PLATZ VERLASSEN, wurde es totenstill, alle Zelte verloren plötzlich die Farbe.

Und alle, die Lunetes Rede gehört hatten, begriffen, dass Iwein kein blauer Ritter mehr war und auch kein blauer Zwilling. Er war jetzt vollkommen allein.

Das begriff auch Gawein. Obwohl er Iweins bester Freund war, konnte er ihm nicht helfen, denn Iwein wollte nicht mit ihm sprechen, sondern stieg auf sein Pferd und ritt einfach davon.

Er ritt einen Tag und eine Nacht, vielleicht auch länger, und er hat sich nicht umgedreht. Er wollte allein sein mit seinem Schmerz.

Aber er war nicht allein mit seinem Schmerz. Seinem Schmerz folgte die Schuld, seiner Schuld folgte die Angst und seiner Angst die Verzweiflung.

Erinnert ihr euch, wie Laudine damals hinter der Bahre des toten Burgherrn ging und aus lauter Verzweiflung von Sinnen war?

So ging es jetzt Iwein, auch Iwein war vollkommen von Sinnen.

Nur war seine Lage viel schlimmer. Denn vor lauter Verzweiflung und Einsamkeit fuhr wie ein Blitz ein schrecklicher Zorn durch seinen ganzen Körper.
Und dieser Zorn fuhr ihm nicht nur ins Herz, sondern auch in den Kopf, sodass sich auf einmal alles verwirrte. Erst verwirrte sich sein Herz, dann sein Verstand.
So kam es, dass Iwein vom Pferd sprang, sich die Rüstung vom Körper riss und auch alle anderen Kleider, bis er am Ende nackt dastand, als hätte er niemals Kleider besessen.
Auch von seinem Pferd und seinem Schwert wollte er nichts mehr wissen, denn er hatte vergessen, dass er ein Ritter war.
Das Schwert warf er neben sich in den Graben. Das Pferd ließ er stehen und lief zu Fuß weiter, immer tiefer hinein in einen Wald, in dem er schon einmal gewesen war, den er aber nicht wiedererkannte.
Seht ihr jetzt, was geschehen war? Iwein war völlig verrückt geworden.
Wenn ihr mich fragt, was für die Menschen das Schlimmste ist, dann sage ich euch: Nicht der Schmerz, nicht die Angst, nicht die Schuld. Auch nicht die Verzweiflung. Das Schlimmste ist ihre Einsamkeit.
Denn die Einsamkeit geht den Menschen ins Herz und wandert von dort aus überallhin. Alles bringt sie im Menschen durcheinander. Sie löscht sogar die Erinnerung aus.
Auch Iwein verlor seine Erinnerung. Und mit der Erinnerung seinen Namen und mit seinem Namen das Vertrauen und mit

dem Vertrauen die ganze Welt, weil er nicht mehr wusste, wer er selber war.
Er hatte keinen Namen mehr, keine Kleider und keine Waffen und ging nackt und zu Fuß und ohne Verstand durch den Wald.
Er aß wie ein Tier mit Händen und Zähnen, er schlief wie ein Tier zwischen Sträuchern und Büschen, und er wusch sich weniger als ein Tier, er wusch sich nämlich gar nicht. Und so wurde sein Körper allmählich schwarz, als trüge er eine Rüstung aus Schlamm.
Aber davon wusste er nichts, denn er hatte alles vergessen. Er hatte die ganze Welt vergessen. Und sich selbst.

26.
Auf der Rodung

SO IRRTE IWEIN DURCH DEN WALD, von dem er nicht wusste, welcher es war. Aber was Iwein vergessen hat, wisst ihr noch genau.

Wir sind jetzt nämlich wieder kurz hinter der Grenze im Land Nebenan, auf der Rodung von damals, die an einen Turnierplatz erinnert. Dort saß immer noch der Mann in Gestalt eines Ungeheuers und hütete die wilden Tiere.

Als Iwein auf dem Platz erschien, erschrak der Mann in Gestalt eines Ungeheuers und fasste seine Keule noch fester, denn er hielt Iwein für ein wildes Tier in Gestalt eines Menschen. Und weil er so ein Tier noch nie gesehen hatte, fürchtete er sich und rief:

»Wer auch immer du bist, ob Mensch oder Tier, bleib stehen!«

Aber Iwein verstand nicht, was der Mann in Gestalt eines Ungeheuers rief. Stattdessen begann er zu lachen und lief lachend über den Platz bis hin zu dem Mann in Gestalt eines Ungeheuers und blieb vor ihm stehen, so nah, dass der sein Gesicht sehen konnte.

Da erkannte der Mann in Gestalt eines Ungeheuers, dass Iwein kein Tier war, sondern ein Mensch, denn er trug eine Rüstung aus Schlamm wie er selbst, und darunter steckten Arme und Beine.

Je länger der Mann in Gestalt eines Ungeheuers den verrückten Iwein betrachtete, desto bekannter kam er ihm vor. Und er sagte:

»Ich habe dich doch schon einmal gesehen. Hilf mir und sag mir, wer du bist.«

Iwein lachte und schwieg.

»Warum willst du mir nicht sagen, wer du bist?«, fragte der Mann in Gestalt eines Ungeheuers.

Und wieder lachte Iwein und schwieg.

»Neulich war schon einmal einer hier«, fuhr der Mann in Gestalt eines Ungeheuers fort, »der sah aus wie du, nur trug er andere Kleider. Suchst du etwa Abenteuer?«

Da hörte Iwein auf zu lachen. Dann fragte er:

»Abenteuer? Was ist das?«

»Ich bin ein Mann und hüte die Tiere«, sagte der Mann in Gestalt eines Ungeheuers, »was Abenteuer sind, weiß ich nicht. Von Ehre und Ruhm verstehe ich auch nichts. Aber ich sehe, dass du ein kranker Mann bist, und ich will dir zu essen und zu trinken geben, wenn du mir hilfst, meine Tiere zu hüten.«

Der Mann in Gestalt eines Ungeheuers erhob sich und holte Wasser zu trinken und gab Iwein auch ein Stück Fleisch zu essen.

Dann gab er ihm einen Stock in die Hand und zeigte ihm, wie man die Tiere hütet. Und als die Sonne unterging, gab er Iwein ein Fell, das er einem der Tiere abgezogen hatte.

Iwein legte sich auf das Fell und schlief ein, während der Mann in Gestalt eines Ungeheuers die Tiere hütete und Iweins Schlaf bewachte.

Manchmal hörte er Iwein im Schlaf leise lachen, als würde er sich an etwas erinnern.

So lebten die beiden. Iwein, der ohne Namen war, und der Mann in Gestalt eines Ungeheuers.

Sie aßen zusammen, sie tranken zusammen, und sie hüteten zusammen die Tiere. Schlief der Mann in Gestalt eines Ungeheuers, dann wachte Iwein, und wenn Iwein schlief, war es umgekehrt.

Vielleicht denkt ihr, das war kein gutes Leben? Aber ich denke, es war gar nicht schlecht, schließlich hatten sie alles, was sie brauchten. Und auch wenn sie immer dasselbe taten, hatten sie doch keine Langeweile, obwohl sie sich niemals Geschichten erzählten. Denn der Mann in Gestalt eines Ungeheuers kannte keine Geschichten, und Iwein hatte sie alle vergessen, er hatte ja sein Gedächtnis verloren.

Und wozu immer Worte machen? Auf der Rodung im Land Nebenan kommt man gut ohne Worte aus. Das seht ihr ja selbst.

Manchmal ging Iwein auf die Jagd, er hatte sich Pfeil und Bogen geschnitzt. Damit schoss er Hirsche und Rehe und manch-

mal Hasen, die der Mann in Gestalt eines Ungeheuers für sie beide über dem Feuer briet.
Aber einmal wurde Iwein beim Jagen müde, weil sich kein Hase zeigen wollte. Also legte er sich unter einen Baum und schlief ein.

27.
Die Herrin mit den weißen Händen

WÄHREND ER SCHLIEF, kamen auf drei weißen Pferden drei Damen vorbei, die waren alle drei sehr schön. Aber eine davon war besonders schön. Ihr Gesicht war weiß wie frische Sahne, und so waren auch ihre Hände.

Das war die Herrin mit den weißen Händen, die unterwegs war nach Hause in die weiße Burg, die auf einem sanften Hügel zwischen dem Land Nebenan und dem Immerwald liegt.

Ihr müsst nämlich wissen, dass zwischen dem Land Nebenan und dem Immerwald das Land Tausendburgen liegt. Dort stehen einige sehr schöne Burgen. Und jede davon hat einen eigenen Herrn oder eine eigene Herrin.

Die Landschaft in dieser Gegend ist sehr schön und wie für Ritterburgen geschaffen. Da sind Hügel, die sind nicht zu flach und nicht zu steil, da gibt es überall kleine Wälder und Seen. Auch Flüsse und Bäche und grüne Wiesen.

Aber nur auf den ersten Blick ist diese Gegend friedlich. Denn weil die Landschaft so schön ist, möchte jeder dort unbedingt Burgherr oder Burgfrau sein und eine eigene Burg besitzen.

Und so kommt es andauernd zu Kampf und Streit, das Land Tausendburgen kommt nie zur Ruhe.
Deshalb hatte es die Herrin mit den Weißen Händen auch ziemlich eilig, nach Hause zu kommen. Denn sie wusste, dass ihre Burg in Gefahr war.
Aber als sie Iwein dort liegen sah, wie ein Tier in Gestalt eines Menschen, erschrak sie. Und sie fühlte Mitleid mit ihm. Also hielt sie ihr Pferd an, stieg ab und ging zu dem schlafenden Mann hinüber, um ihn genauer zu betrachten.
Auch die anderen beiden Damen stiegen ab. So standen sie jetzt zu dritt um ihn herum und rätselten, was mit ihm passiert war und wie es dazu gekommen war, dass er hier wie ein Tier schlafend zwischen den Büschen lag.
Während sie so dastanden und ihn betrachteten, fürchteten sie, dass er aufwachen könnte. Dann hätten sie sich nämlich schämen müssen, denn die drei Damen sahen genau, dass der Schlafende unter seiner schlechten Rüstung aus Schlamm vollkommen nackt war.
»Wer kann das um Gottes Willen sein?«, fragte die Herrin mit den weißen Händen.
Da sagte die eine der beiden anderen Damen:
»Wenn du mich fragst, dann liegt hier kein Unbekannter. Auch wenn er aussieht wie ein Tier, so befindet sich unter dem Mantel aus Schlamm doch jemand, der früher einmal bekannt war, und nicht nur bekannt, sondern auch mutig und schön.«
Und die dritte Dame sagte:

»Wenn ihr mich fragt, dann liegt hier der Beste der Besten! Da reicht allein ein Blick auf die Hände. Sie sind schmutzig und schwarz und die Nägel an den Fingern zerrissen. Und doch sieht man auf den ersten Blick, dass das die Hände eines Ritters sind. Man sieht genau, dass er oft ein Schwert geführt hat. Und wenn ihr mich fragt, dann war das ein Immerschwert!«

Da sagte die Herrin mit den weißen Händen:

»Dann glaubst du, hier liegt der blaue Ritter? Der Zwilling des anderen blauen Zwillings? Einer der beiden der Allerbesten? Der, der damals nach seinem letzten großen Turnier plötzlich auf seltsame Weise verschwand? Von dem man nichts weiß und nichts hört und nichts sieht?«

»Manche glauben sogar, er wäre tot«, sagte die zweite Dame.

»Und wie sie sich täuschen«, sagte die dritte Dame. »Er ist gar nicht tot, sondern liegt hier und schläft.«

»Und im Schlaf quälen ihn die schrecklichsten Träume«, sagte die Herrin mit den weißen Händen.

Das stimmte. Denn der Schlaf des Mannes zwischen den Büschen war alles andere als ein friedlicher Schlaf.

Er lachte und weinte abwechselnd und sprach laut im Schlaf. Lauter Dinge, die ein Mensch nicht verstehen kann, offenbar ging in ihm alles drunter und drüber.

Dabei warf er sich unruhig hin und her, sodass unter ihm sein Bett aus Zweigen knackte.

»Er muss eine sehr schwere Krankheit haben«, sagte die Herrin mit den weißen Händen. »Ich glaube, die Krankheit kommt von seinem Kopf und ist von dort bis hinunter in sein Herz gewandert. Ein so guter Mann und ein so großes Leid!«

»Der Mann hat seinen Verstand verloren«, sagte die zweite Dame. »Vielleicht hat ihn die Liebe verrückt gemacht?«

Wie ihr seht, wurde das Mitleid der drei Damen immer größer. Sie konnten den Anblick des träumenden Mannes kaum ertragen.

Da sagte die Herrin mit den weißen Händen entschlossen:

»Wenn seine Krankheit wirklich vom Kopf kommt und von dort aus sein Herz vergiftet hat, dann weiß ich, wie man ihm helfen kann. Im Küchenschrank meiner weißen Burg steht ein ganzer Topf voller Salbe, die will ich holen. Und wenn sie hilft und der Mann wird gesund, dann wird er mein bester Ritter sein und kann mir helfen, die weiße Burg zu bewachen, bevor ein anderer kommt und sie nimmt!«

Die Herrin mit den weißen Händen wusste genau, wovon sie sprach, denn ihre herrliche Burg war in großer Gefahr. Aber davon erzähle ich später.

Also bestiegen die drei jetzt jede ihr Pferd und ritten in schnellem Galopp davon.

Und der träumende Iwein drehte sich seufzend im Schlaf auf die andere Seite.

28.
Iweins Heilung

OB IWEIN GESUND WURDE, wollt ihr wissen? Die Antwort ist einfach. Er wurde gesund. Denn wäre er nicht gesund geworden, wie hätte er mir dann das Leben gerettet und mir seine ganze Geschichte erzählt?

Iweins Rettung ging einfach und schnell, und zwar so: Die weiße Burg war nicht weit entfernt, ein oder zwei Meilen. Und die drei Damen ritten so schnell, dass man kaum hinterher sehen konnte.

In der Küche der weißen Burg stand ganz oben in einem hohen Regal eine goldene Dose. In der goldenen Dose war eine goldene Salbe. Und mit der goldenen Salbe in der goldenen Dose unterm weißen Mantel ritt die Herrin mit den weißen Händen zurück in den Wald und fand Iwein immer noch schlafend und träumend.

Immer noch warf er sich hierhin und dahin, und unter ihm knackte sein Bett aus Zweigen.

Die Herrin mit den weißen Händen sprang ab. In der Hand hielt sie fest die goldene Dose.

Als sie den Deckel der Dose öffnete, stieg ein Duft zwischen den Bäumen nach oben, der leicht und süß war. Plötzlich roch es nach Frühling. Und wieder seufzte Iwein im Schlaf.
Da ging die Herrin mit den weißen Händen in die Knie, tauchte die weiße Hand in die Dose, zog sie wieder heraus und begann vorsichtig, Iwein einzusalben.
Ich glaube, sie machte das zärtlich und gut und so behutsam, dass Iwein es gar nicht merkte, denn er wachte nicht auf.
Zuerst bestrich sie ihm seinen Scheitel. Dann wanderte ihre Hand zur Stirn, damit die Stirn wieder das Denken lernt und die Erinnerung.
Von der Stirn wanderte die Hand auf Augen und Nase, damit die Augen wieder das Sehen lernen und die Nase das Riechen.
Von der Nase wanderte die Hand hinunter zum Mund. Für den Mund brauchte die Herrin mit den weißen Händen etwas länger, denn der Mund sollte wieder das Sprechen lernen, damit er alles erzählen kann, was Iwein im Traum begegnet ist.
Ihr wisst ja selbst, wie wichtig der Mund ist, denn der Mund spricht nicht anders als das Herz.
Und als die Herrin mit den weißen Händen Iwein mit der Salbe das Herz bestrich, seufzte Iwein so laut im Schlaf, dass sie erschrak, weil sie Angst hatte, er würde womöglich aufwachen.
Aber er wachte nicht auf. So strich sie ihn weiter mit der Salbe ein, langsam und zärtlich vom Herz bis zum Bauch und vom Bauch bis zu den Knien und von den Knien bis hinunter zu den Füßen.

Als sie bei den Füßen angekommen war, war die goldene Dose leer. Nichts war mehr übrig.
Jetzt müsst ihr noch wissen, dass die Herrin mit den weißen Händen an alles gedacht hatte.
Sie hatte nämlich noch einen Sack dabei, der war aus weißem Leinen genäht. Darin war alles, was ein Ritter braucht, um sich ordentlich anzuziehen.
Diesen Sack legte sie neben Iwein hin. Dann versteckte sie sich hinter einem Baum, weil sie sehen wollte, was jetzt geschah.
Und Iwein erwachte.

29.
Iwein wacht auf

IWEIN ERWACHTE, richtete sich auf und sagte:
›Um Gottes Willen! Wer hat mich geweckt? Iwein, bist du das? Bin ich es, oder bin ich es nicht? Und wenn ich es nicht bin, wer ist es dann? Wie lange habe ich geschlafen? Wo bin ich in meinem Schlaf gewesen? War das mein Leben? Und wenn das mein Leben war, warum bin ich erwacht? Denn im Traum war mein Leben schön. Ein richtiges gutes Leben. Im Traum war ich nämlich ein Ritter und hatte ein Pferd, das tausend blaue Bänder trug! Und hatte ich nicht sogar eine Frau, die die Schönste und Beste von allen ist?‹
Er setze sich auf und rieb sich die Augen. Und zu seinem großen Entsetzen sah er, dass er unter seiner Rüstung aus Schmutz und Schlamm vollkommen nackt war.
Aber da sah er neben sich den Sack aus weißem Leinen. Und als er den Sack öffnete, waren darin Kleider, die sehr prächtig waren und aussahen wie eben erst frisch geschneidert. Der Stoff glänzte kräftig und schön in der Sonne, wie frische Fahnen und Turnierzelte.

›Das sind ja die Kleider aus meinem Traum‹, dachte Iwein, ›aus meinem Traum, in dem ich ein Ritter war und jung und kräftig und schön! Ich hatte ein Pferd und ein Schwert. Und mein Schwert war genau das richtige Schwert, ein Immerschwert. Wo habe ich es nur hingelegt?‹

Unruhig begann er sich umzusehen, aber dann fasste er sich an den Kopf und sagte laut zu sich selbst:

›Ich rede ja Unsinn, ich bin gar kein Ritter, ich bin ein schmutziger nackter Mann, der mit den Händen im Boden gräbt und mit einem Stock wilde Tiere hütet. Nur, wo kommen dann diese Kleider her? Niemals dürfte ich solche Kleider tragen.‹

Aber weil er sich schämte, nackt zu sein, stand er schließlich auf und zog sich die Kleider doch an. Zu seiner Überraschung stellte er fest, dass sie ihm passten wie angegossen.

So stand er da. Und hinter dem Baum stand die Herrin mit den weißen Händen und sah, dass sie sich nicht getäuscht hatte.

Denn so schmutzig dieser Mann auch war, er war wirklich ein Ritter. Er war tatsächlich der Beste von allen. Das sah man sofort.

Da fasste sich die Herrin mit den weißen Händen ein Herz, trat hinter dem Baum hervor und sagte:

»Sei mir gegrüßt, lieber Ritter! Du bist Iwein, der Mann, den ich suche und auf den ich lange gewartet habe!«

»Also bin ich es wirklich?«, rief Iwein.

»Du bist es, wer sonst!«, sagte die Herrin mit den weißen Händen. »Und ich bin hier, weil ich deine Hilfe brauche. Nur wenige Meilen entfernt von hier steht meine weiße Burg, und meine Burg ist in großer Gefahr. Willst du mir helfen?«

»Herrin mit den weißen Händen«, sagte Iwein, »du hast mir das Leben gerettet. Zum Dank dafür will ich für dich tun, was immer ich kann.«

»Dann lass uns reiten, die Zeit ist knapp«, sagte die Herrin mit den weißen Händen.

»Aber ich habe kein Pferd«, sagte Iwein.

»Nimm mein Pferd«, sagte die Herrin mit den weißen Händen. »Es ist kräftig und trägt uns beide. Ich werde hinter dir sitzen. Auf der weißen Burg gibt es Pferde genug, dort wirst du ein eigenes Pferd bekommen.«

Also saßen sie auf. Iwein saß vorn, und hinter ihm saß die Herrin mit den weißen Händen und hielt sich an seinem Gürtel fest, denn sie ritten schneller als der Wind.

Und während sie ritten, erzählte sie ihm, warum die weiße Burg in großer Gefahr war.

Ihr müsst nämlich wissen, dass ganz in der Nähe der weißen Burg auf einem anderen hohen Hügel die schwarze Burg steht.

Die regiert der Herr mit den schwarzen Händen, der eine schwarze Rüstung trägt und nur auf schwarzen Pferden reitet und immer mit schwarzen Schwertern kämpft, damit man nicht sieht, wie schmutzig seine Hände sind.

Aber der Herr mit den schwarzen Händen ist kein besonders glücklicher Mann. Die Dunkelheit seiner schwarzen Burg hat

sein Herz in einen Nebel getaucht, den auch sein schwarzes Schwert nicht zerhauen kann.
Wie ein zäher Klumpen aus Teer sitzt dieses Herz in seiner Brust und schlägt traurig und laut. Aber auch ein Herz aus Teer kann Sehnsucht empfinden. Und das Herz des Herrn mit den schwarzen Händen sehnt sich nach Licht und nach Helligkeit.
Darum sehnt sich der Herr mit den schwarzen Händen nach nichts so sehr wie nach der weißen Burg, die er jeden Morgen von Weitem sieht, wenn er nach einer schlaflosen Nacht schlecht gelaunt an sein Fenster tritt.
Und er sehnt sich nicht nur nach der weißen Burg, sondern auch nach der Herrin mit den weißen Händen. Das kommt von ihrer Schönheit.
Aber weil er sie nicht gewinnen kann, kommt es immer wieder zum Kampf zwischen den Leuten der schwarzen Burg und den Leuten der weißen Burg. Dabei verliert die Herrin mit den weißen Händen einen nach dem anderen ihre weißen Ritter, weil die Ritter des Herrn mit den schwarzen Händen schneller und grausamer sind.
Da begriff Iwein sofort, dass keine Zeit zu verlieren war.

30.
Der Kampf gegen den Herrn mit den schwarzen Händen

ALS SIE DIE WEISSE BURG ERREICHT HATTEN, sprangen sie vom Pferd, und die Herrin mit den weißen Händen sagte:
»Jetzt sollst du dich waschen und kämmen, essen, trinken und schlafen. Dann will ich dir eine Rüstung geben, die Beste von allen. Und ein Schwert und ein Pferd.«
Aber Iwein sagte:
»Weiße Herrin, ich sehe genau, wie groß deine Not ist. Ich habe lange genug geschlafen und viel zu viele Fristen versäumt. Ausschlafen kann ich mich später. Ich will mich nur waschen. Dann gib mir die Rüstung, das Pferd und ein Schwert, damit ich wieder ein Ritter werde.«
Da gab ihm die Herrin mit den weißen Händen eine glänzende Rüstung, die war außen und innen ganz weiß. Und sie gab ihm ein Pferd, das war weiß wie Sahne. Die Steigbügel waren aus purem Gold, und das Sattelzeug und die Zügel waren aus weißem Leder, das war weich wie Samt.
Und sie gab ihm ein Schwert, das Beste von allen. Ratet, was für

ein Schwert das war? Richtig geraten: Ein Immerschwert. Fragt mich jetzt nicht, woher sie das hatte. Denn ich weiß es nicht. Iwein wusste es auch nicht.
Zum Fragen blieb sowieso keine Zeit, denn als Iwein ans Fenster trat, sah er draußen vor den Toren der Burg eine schwarze Mauer. Aber das war keine Mauer aus Stein, das waren Männer.
Lauter schwarze Ritter mit schwarzen Schwertern, die unaufhaltsam auf die weiße Burg zuritten. Dabei sangen sie dunkle Lieder. Und ihre Stimmen klangen wie Donner.
»Siehst du jetzt, wovor ich mich fürchte?«, fragte die Herrin mit den weißen Händen. Ihre Stimme zitterte.
»Du musst dich nicht fürchten«, sagte Iwein und lachte, »ich bin hellwach und kämpfe für dich!« Und er gab seinem weißen Pferd die Sporen und ritt hinaus vor die weiße Burg.
Als ihn die Männer kommen sahen, erschraken sie. Einen solchen Ritter hatten sie nie gesehen. Denn Iwein ritt wie ein weißer Blitz und fuhr wie ein Blitz in die Mauer der schwarzen Ritter. Und hinter ihm ritten die anderen Ritter der Herrin mit den weißen Händen, die mutiger kämpften als je zuvor. Iwein hatte sie tapfer gemacht.
Da hörten die schwarzen Ritter auf zu singen, drehten sich um und ergriffen die Flucht, denn sie fürchteten sich sehr. Nur der Herr mit den schwarzen Händen fürchtete sich nicht, sondern stürmte auf seinem schwarzen Pferd rasend dem strahlenden Ritter entgegen.

Über seinem schwarzen Helm kreiste das schwarze Schwert, mit dem er Iwein erschlagen wollte. Aber er konnte ihn nicht erschlagen. Denn sein Herz war zu schwer, es saß wie ein Klumpen unter seiner Rüstung.

Iweins Herz dagegen war plötzlich leicht wie eine Feder. Denn während er kämpfte, kam die Erinnerung zurück. Und die Erinnerung sagte zu ihm:

›Es ist ja Laudines Herz, das du trägst, und Laudine darf niemals sterben! Für sie musst du jede Schlacht gewinnen. Von jetzt bis in alle Ewigkeit kämpfst du jeden Kampf für Laudine. Selbst wenn du sie niemals wieder siehst, du hast keine Wahl. Dein Herz ist für immer und ewig vergeben.‹

So sprach die Erinnerung. Und die Erinnerung hatte recht. Selbst die Herrin mit den weißen Händen, die wirklich sehr schön war, hätte ihn nicht für sich gewinnen können. Iwein hat ja schon eine Frau. Und er liebt sie mehr als sein Leben.

Trotzdem hat er der Herrin mit den weißen Händen die weiße Burg gerettet und sie für immer von dem Herrn mit den schwarzen Händen befreit.

Den jagte er jetzt bis zum bitteren Ende. Und der Herr mit den Schwarzen Händen floh. Er floh im Galopp, als jagten ihn tausend weiße Engel.

Er floh vorbei an der weißen Burg, vorbei an der schwarzen Burg und vorbei an neunhundertachtundneunzig anderen Burgen. Durch das ganze Tausendburgenland floh der Herr mit den schwarzen Händen.

Und Iwein immer hinter ihm her.
Als es Morgen wurde, hatten sie die Grenze erreicht.
Dort an der Grenze vom Land Tausendburgen hat Iwein den Herrn mit den schwarzen Händen erschlagen. Mit einem einzigen Hieb, vom Kopf bis zum Fuß.
Aber hinter der Grenze vom Land Tausendburgen beginnt der Immerwald. Und dort beginnen die richtigen Abenteuer.

II.

DER LÖWENRITTER

1.
Der Drachenkampf

ERINNERT IHR EUCH AN DEN IMMERWALD? An diesen finsteren Wald von vor tausend Jahren, ohne Wege und Schilder, in dem sich selbst Ritter und Könige verirren? Wo die Bäume so hoch in den Himmel wachsen, dass man keinen Himmel mehr sieht?

Auch Iwein sah die Hand nicht vor Augen, als er jetzt über die Grenze ritt. Aber sein Herz sagte ihm, dass in der Tiefe des Immerwaldes, am Rand der schrecklichen Dunkelheit, jemand in allergrößter Not war. Ja, er glaubte sogar, eine Stimme zu hören, die dringend um seine Hilfe rief.

Also trieb Iwein sein Pferd in den Wald, immer tiefer hinein in die Finsternis. Von einem Weg konnte keine Rede sein, die Äste schlugen ihm ins Gesicht, die Luft war wie Blei, sie roch nach Galle und Gift. Und nach Rauch. Je länger er ritt, desto heißer wurde es, als ritte er direkt in das Feuer der Hölle, das kein Mensch erträgt.

Unter ihm keuchte sein Pferd, aber Iwein ritt trotzdem weiter, denn die Stimme, die ihn um Hilfe rief, wurde lauter. Er hörte

ein schreckliches Stöhnen, ein Ächzen, Keuchen und Jammern, ein Fauchen und Heulen.
Da ertrug es Iwein nicht länger. Er griff nach seinem Immerschwert und beschloss, die Finsternis zu zerhauen. Und plötzlich stand er auf einer Lichtung.
Ihr kennt diese Lichtung, und ihr kennt auch die Tiere, die in wildem Streit miteinander liegen. Ein schrecklicher Kampf auf Leben und Tod, den nur einer gewinnen kann.
Hier kämpft der Löwe, der König der Tiere, gegen den grausamen Immerwalddrachen. Das ist der schrecklichste Drache von allen. Sein Atem ist Feuer, seine Zunge eine Peitsche, seine Beine sind Säulen, sein Schritt dröhnt wie Trommeln, und sein Leib ist ein Panzer aus Schuppen und Schlamm.
Aber als der Drache sein Maul aufriss, um den König der Tiere zu verschlingen, trat durch den Nebel aus Rauch und Gestank der beste Ritter von allen. Sein Pferd war weiß, seine Rüstung war weiß, und mit einem einzigen Hieb erschlug Iwein den Immerwalddrachen, mitten hindurch, von oben nach unten, kurzerhand vom Scheitel zum Fuß!
Und zwischen den Hälften des stürzenden Drachen stieg eine Säule aus Feuer und Rauch über der Lichtung des Immerwalds in den Himmel empor.
So hat Iwein den Drachen für immer von seinem Hunger erlöst und dem König der Tiere das Leben gerettet. Woher er die Kraft nahm, weiß ich nicht. Aber ich weiß, dass sie jetzt nichts mehr trennen kann.

Nichts kann mehr den König vom Ritter trennen und nichts den Ritter vom König. Auch nicht der Tod. Denn sie sind nicht mehr allein unterwegs.

2.
Die Rückkehr zum Brunnen

DA KAM AUF DER LICHTUNG PLÖTZLICH ein frischer Wind auf. Der Wald erwachte aus seiner Starre, als hätte er einen Sturm überlebt, eins nach dem anderen erwachten die Tiere. Und Iwein fiel sein durstiges Pferd ein.

Also ging er zu seinem Pferd hinüber, nahm es beim Zügel, führte es zum Bach und gab ihm zu trinken. Dann schöpfte er Wasser in seinen Helm und gab auch dem Löwen zu trinken. Erst dann trank er selbst.

Wie erschöpft die beiden vom Kämpfen waren, der Ritter und der König der Tiere, muss ich nicht sagen, das könnt ihr euch denken. Der Löwe leckte sich tausend Wunden, und Iwein riss sich die Rüstung herunter und warf sie neben das Schwert und den Helm ins Gras.

Danach ging er langsam in die Knie und legte sich auf die Lichtung. Seinen Kopf legte er in den Nacken des Löwen, dahin, wo es ihm am bequemsten war, zwischen Mähne und Schultern.

Wenn ihr wüsstet, wie schön das ist, nach einem gemeinsam gewonnenen Kampf im Halbschlaf auf einer Lichtung zu liegen. Der Durst ist gelöscht, und wie frisch geschmiedet liegt das Immerschwert in der Abendsonne, als hätte es nie eine Faust gespürt und nie einen einzigen Schlag geführt.

So lagen sie da und schliefen traumlos und lange. Wie lange sie schliefen, weiß ich nicht. Ich weiß nur, dass der Hunger sie weckte.

»König der Tiere«, sagte Iwein, »wir müssen uns etwas zu essen verschaffen.«

Der Löwe ging jagen, und sie teilten die Mahlzeit, wie ein Ritter mit dem anderen teilt. Nur dass der Löwe gleich aß und Iwein erst später, weil er sein Stück vorher noch braten musste.

Dann standen sie auf und zogen los. Von der Lichtung aus gingen sie immer weiter, bis zurück an die Immerwaldgrenze, wo Iwein den Herrn mit den schwarzen Händen erschlagen hatte.

Auf der Grenze lag noch sein schwarzer Helm und daneben sein schwarzes Schwert. Der Rest war verschwunden. Wahrscheinlich hatten ihn die Tiere geholt, wie das im Wald so üblich ist.

So verließen die beiden den Immerwald, der Ritter und der König der Tiere, der jetzt ein König auf Urlaub war. Aber er drehte sich nicht um, weil er das Heimweh fürchtete und nicht wusste, ob er zurückkehren würde.

Sie gingen über die Grenze. Iwein ritt, und neben ihm lief würdevoll und ohne Eile der Löwe, wie nur Könige gehen können. Sie durchquerten das ganze Land Tausendburgen, bis sie an

die Grenze zum Land Nebenan kamen. Und es wird euch nicht wundern, wenn ich euch sage, dass sie dort wieder den Brunnen fanden, unter dem die Gewitterquelle schläft und an dem Iwein den Stein begossen hatte.
Wie lange das her ist!
Aber da geschah etwas Schreckliches. Als Iwein nämlich den Brunnen erblickte und über dem Brunnen die Linde und hinter der Linde die Kapelle, kehrte plötzlich alles zurück, was dort mit ihm geschehen war.
Er dachte an die Gewitterquelle und an Laudine, an sein Land, seine Burg und an seinen Garten, er dachte an alles, was er verloren hatte. Und dass er selbst daran schuld war.
Der Gedanke fuhr ihm mitten ins Herz, und plötzlich verließen ihn alle Kräfte. Das Blut wich aus seinem Gesicht, es wurde grau wie Asche. Seine Hände konnten die Zügel nicht mehr halten. Krank vor lauter Erinnerung fiel Iwein vom Pferd und stürzte dabei in sein Schwert, das ihm aus dem Gürtel gerutscht war.
So fuhr ihm sein eigenes Schwert in den Hals.
Als der König der Tiere seinen Ritter so da liegen sah und sah, dass er daran dachte zu sterben, ergriff ihn ein entsetzlicher Schmerz. Denn der König der Tiere hat ein Löwenherz. Das sind die besten Herzen von allen, weil es die Treuesten sind. Treuer als jedes Menschenherz.
Außerdem hatte der König der Tiere seinen Wald nicht verlassen, um an irgendeinem Brunnen im Land Nebenan den

Besten der Besten sterben zu sehen, sondern um mit ihm zusammen zu kämpfen.
Deshalb wollte der Löwe jetzt auch nicht mehr leben. Wenn er mit Iwein nicht leben konnte, dann wollte er wenigstens mit ihm sterben.
Aber als er sich gerade ins selbe Schwert werfen wollte, um auch seinem Leben ein Ende zu machen, sah der König der Tiere plötzlich, wie sich Iwein unerwartet wieder erhob. Sein Gesicht war weiß, er presste beide Hände fest auf die blutende Wunde und rief laut und verzweifelt:
»König der Tiere, um Gottes Willen, was tust du? Weg von dem Schwert! Du tust, was kein Mensch tun darf und ein König erst recht nicht und woran kein Tier jemals denken wird! Warum willst du dir das Leben nehmen? Nur weil ich verzweifelt und traurig bin? Das darf nicht sein! Du trägst keine Schuld an dem großen Schmerz, den ich in meinem Herzen trage.«
Er nahm vorsichtig eine Hand von der Wunde, zog damit seinen Helm vom Kopf, stand auf und ging zum Brunnen. Nicht, um die Gewitterquelle zu wecken, sondern um Wasser zu schöpfen und sich damit die Wunde zu waschen.
Dann füllte er noch einmal seinen Helm und gab dem Löwen zu trinken. Erst dann trank er selbst.
Während sie tranken, hörten sie plötzlich eine Stimme. Das war die Stimme einer Frau, die kam aus der Kapelle.

3.
Die Stimme in der Kapelle

DIE STIMME RIEF:
»Wer ist da? Wer klagt da? Wer will sich da draußen das Leben nehmen? Wer immer du bist, ich flehe dich an! Komm herüber und sprich mit mir! Es gibt kein Fenster. Ich kann mich nicht zeigen, ich kann dich nicht sehen. Aber ich höre dich ja! Komm zu mir!«
Iwein lief sofort zur Kapelle hinüber. Es war tatsächlich kein Fenster zu finden. Die Tür war doppelt vermauert, sodass kein Schwert sie hätte öffnen können.
Iwein schlug mit beiden Fäusten gegen die steinerne Tür und rief:
»Wer auch immer du bist, was machst du da drinnen?«
Und die Stimme rief:
»Was ich hier mache? Was kann ich hier machen? Hinein wollte ich nicht, heraus kann ich nicht. Ich bin gefangen, und morgen kommt man und wird mich erhängen. Kann aber auch sein, dass man mich verbrennt.«
Iwein erschrak zu Tode und rief:

»Wie ist das passiert?«

»Das ist schnell gesagt«, sagte die Stimme. »Ich habe meiner Herrin den falschen Mann empfohlen. Einmal war er der Beste der Besten. Aber dann nahm er ihr Herz, ging damit auf und davon und kam nicht wieder. Das hat meine Herrin so traurig gemacht, dass sie in schwerem Kummer lebt und darüber ihr Land vergessen hat. Denn sie trägt jetzt für immer sein Herz in der Brust, das vergesslich ist und nicht weiß, wie man sich kümmert.«

Da erschrak Iwein noch mehr, denn die Geschichte kam ihm bekannt vor, und er fragte:

»Und wer regiert das Land jetzt?«

Die Stimme sagte:

»Das sind drei Herren aus dem Land Nebenan, die schon seit Langem bei Hof sind. Die drei Hofmeisterbrüder. Der obere Hofmeister, der mittlere Hofmeister und der untere Hofmeister. Die wollen die Herrschaft an sich reißen und haben mich angeklagt. Und sie werden mich töten!«

»Das wird nicht geschehen, solange ich lebe!«, rief Iwein entrüstet.

Da lachte die Stimme, aber es war ein trauriges Lachen. Sie sagte: »Du hast gut reden. Aber du kannst nichts tun. Denn die Hofmeisterbrüder sind mächtig und kräftig, es gibt nur zwei Männer auf der Welt, die erfolgreich gegen sie antreten könnten.«

»Wer sind diese Männer?«, fragte Iwein.

»Das sind die blauen Zwillinge«, sagte die traurige Stimme. »Aber die sind seit langem verschwunden, und niemand weiß, wo man sie finden könnte. Der eine ging im Wald verloren, der andere ist in der Welt verschwunden und sammelt wohl immer noch blaue Bänder!«

Als Iwein das hörte, wurde ihm so schwer ums Herz, dass er beinahe anfing zu weinen. Denn jetzt war er sich seiner Sache ganz sicher. Er hatte die Stimme nämlich längst erkannt.

Ihr habt sie natürlich auch längst erkannt.

Iwein ging in die Knie, presste seine Ohren fest gegen die steinerne Tür und fragte leise:

»Liebe Stimme, bist du Lunete?«

Die Stimme rief: »Die bin ich, wer sonst?«

Und Iwein sagte: »Ich bin der eine blaue Zwilling!«

»Dann bist du Iwein!«, rief Lunete. Und sie weinte und lachte zugleich.

»Wer sonst!«, sagte Iwein. »Und ich sage dir, ich will dich befreien. Denn durch nichts als durch mich und meine Schuld sitzt du vermauert in dieser Kapelle. Also sollst du durch mich deine Freiheit zurückbekommen.«

Da sagte Lunete:

»Iwein, ich weiß, du bist der Beste der Besten. Aber die Brüder sind drei, und du bist nur einer. Ich will nicht, dass du für mich dein Leben verlierst. Wäre der andere Zwilling dabei, wäre ein Sieg gegen die Brüder möglich, aber so gibt es keine Hoffnung!«

»Und wo könnte der andere Zwilling sein?«, fragte Iwein. Denn auf einmal hatte er Sehnsucht nach Gawein.
»Der ist unterwegs«, sagte Lunete kalt. »Wahrscheinlich sucht er noch immer nach Ruhm und Ehre. Wo und wie er das tut, ist mir nicht bekannt. Ich bin selbst am Hof von Artus gewesen, um ihn persönlich um Hilfe zu bitten, aber niemand wollte mir Auskunft geben.«
Da wurde Iwein traurig. Aber er ließ sich nichts anmerken, sondern sagte:
»Lunete, wann kommen die Hofmeisterbrüder?«
»Dies ist meine letzte lebendige Nacht«, sagte Lunete. »Morgen, wenn die Sonne am höchsten steht, kommen sie und werden mich holen.«
»Ich werde da sein, bevor die Sonne am höchsten steht«, sagte Iwein. »Und damit du dir keine Sorgen machst, will ich dir sagen, dass ich nicht allein komme und dass ich nicht allein kämpfen werde. Denn an meiner Seite kämpft ein König, der größer und stärker als alle ist. Ich bin nur sein Ritter!«
»Was für ein König soll das denn sein?«, fragte Lunete.
»Du weißt doch sonst alles«, sagte Iwein und lachte. »Warte ab, morgen wirst du ihn sehen. Dann wirst du auch wissen, dass es der beste König von allen ist. Aber sei nicht enttäuscht, für das Schachspiel interessiert er sich nicht, er ist nämlich weder schwarz noch weiß. Und versprich mir eins: Wer immer morgen auf dem Kampfplatz erscheint, du darfst niemandem meinen Namen verraten. Denn Iwein bin ich schon lange nicht mehr.«

Lunete verstand sofort, was er meinte, und sie sagte fröhlich: »Das verspreche ich, heilig und hoch.«

4.
Die dreizehnte Burg

ES WURDE ABEND, und im Land Nebenan wollte Iwein nicht bleiben. Also kehrten sie an die Grenze zurück und machten sich im Land Tausendburgen auf die Suche nach einer Unterkunft.

Als sie die dreizehnte Burg erreichten, wurde es dunkel, und Iwein dachte: ›Hier will ich um einen Schlafplatz bitten.‹

Er sprang vom Pferd und lief den Burgweg hinauf. Zu seiner Verwunderung sah er, dass der ganze Burgweg verwüstet war. Da lag kein Stein auf dem anderen. Die Mauer zum Burggarten war niedergerissen, und im Garten stand kein Baum gerade. Die Bäume waren niedergebrochen, als hätte ein schrecklicher Sturm sie geknickt. Und alle Sträucher waren ausgerissen und übereinandergeworfen. Der Bach, der durch den Burggarten lief, war kein Bach, sondern ein schlammiges Rinnsal. Kein Vogel sang im Garten. Und auch sonst war kein Tier zu sehen.

Oben am Burgtor stand ein Mann. Der war noch nicht alt, aber durch und durch grau, weil er mitten im Unglück lebte. Das sah man gleich.

Iwein fragte: »Bist du der Herr der dreizehnten Burg?«
»Der bin ich«, sagte der Mann. »Und wer bist du?«
»Ich bin der Löwenritter!«, sagte Iwein. »Ich suche ein Nachtquartier für meinen König und mich.«
»Für dich hätte ich eins«, sagte der Burgherr. »Aber einen König kann ich nicht beherbergen. Du siehst ja selbst, wie ich lebe. Ein großes Unglück hat mein Haus und mein Leben verwüstet.«
»Das sehe ich«, sagte Iwein, »und gleich musst du mir sagen, wie das alles gekommen ist! Aber füll mir erst diesen Helm mit Wasser, ich will meinem König zu trinken geben.«
Der Burgherr verstand nicht, wovon Iwein sprach, aber als er mit dem Wasser zurückkam, sah er den Löwen. Und als Iwein dem Löwen zu trinken gab, sagte er:
»Ich sehe, du bist ein besonderer Ritter. Komm herein, sei mein Gast!« Und er führte ihn in einen Saal seiner Burg. Da stand ein gedeckter Tisch.
An dem Tisch saß ein junges Mädchen, das so schön war, dass Iwein sein Herz aufgegangen wäre, wenn er es noch gehabt hätte. Aber wie ihr wisst, war sein Herz längst vergeben. Deshalb fand er das Mädchen einfach nur schön und küsste ihr höflich die Hand.
Das Mädchen war aber nicht nur schön, sondern auch traurig. Sie war so traurig, dass Iwein der Wein nicht schmeckte. Und das Brot blieb ihm im Hals stecken, obwohl es weich und süß war.

Während er da saß und versuchte, zu essen und zu trinken, erzählte ihm der Burgherr die ganze Geschichte:
»Löwenritter«, sagte der Burgherr, »meine Geschichte ist kurz und schrecklich. Hier im Land Tausendburgen lebt ein Riese, der grausam und unbesiegbar ist. Du hast den Weg und den Garten gesehen. Du siehst also, welche Kräfte er hat. Er reißt Bäume aus wie andere Blumen. Bäume und Blumen wachsen nach, aber nicht meine Kinder. Das ist die Lage und meine Not. Einmal hatte ich sechs herrliche Söhne. Die hat der Riese gefangengenommen und zwei davon vor meinen Augen getötet. Wenn ich ihm meine Tochter nicht gebe, tötet er auch die anderen vier. Und zwar gleich morgen früh!«
»Burgherr«, sagte Iwein, »das wird nicht geschehen, denn bevor er deine Söhne tötet, haben wir ihn selber getötet!«
»Ritter, dein Mut in allen Ehren«, sagte der Herr der dreizehnten Burg. »Aber ich glaube, du weißt nicht, wovon du sprichst. Du hast den Riesen nicht gesehen! Du bist einer, und der wiegt für tausend.«
»Mir ist egal, was er wiegt«, sagte Iwein und lachte. »Ich habe den Immerwalddrachen erschlagen. An meiner Seite kämpft der größte König von allen. Wir werden es schaffen. Ich habe eine andere Sorge. Morgen Mittag habe ich nämlich zu tun, bei einem Brunnen im Land Nebenan. Bis dahin müssen wir fertig sein.«
Der Burgherr sagte traurig:
»Da musst du dir keine Sorgen machen. Der Riese ist pünkt-

licher als dir lieb ist. Deine Verabredung wirst du trotzdem nicht halten. Denn wenn du den Kampf wirklich wagen willst, bist du morgen ein toter Mann, noch bevor die Sonne am höchsten steht!«

»Burgherr, hast du denn gar kein Vertrauen!«, rief Iwein und lachte. »Soll der Riese nur kommen! Je früher desto besser, wer zögert, verliert! Und jetzt musst du mir noch seinen Namen sagen, damit ich ihn morgen begrüßen kann.«

»Der Riese heißt Harpin«, sagte der Burgherr düster.

5.
Der Kampf gegen den Riesen Harpin

HAND AUFS HERZ! Hat jemals einer von euch im Morgengrauen einen echten Riesen gesehen? Nicht einfach einen sehr großen Mann, der vielleicht noch besonders kräftig ist, sondern einen richtigen Riesen.
So ein Riese war Harpin. Er war hoch wie die Bäume im Immerwald. Wer ihm ins Gesicht sehen wollte, musste den Kopf weit in den Nacken legen, sonst sah man nicht einmal seinen Gürtel.
Seine Beine waren Säulen, seine Arme doppelte Keulen und seine Hände Hammer und Zange. Seine Haut war aus dem Leder von vor tausend Jahren. Und er steckte in einem Panzer aus Bosheit und Dummheit. In der rechten Faust trug er eine lange Stange. Andere Waffen trug er nicht, er hielt sich auch so für stark genug.
Sein Schritt dröhnte wie Trommeln, und mit jedem Schritt schlug er der Erde, über die er ging, eine Wunde, die nicht mehr heilen konnte. Wo er einmal gegangen war, konnte für lange Zeit nichts wachsen.

Und jetzt die Stimme! Denn das Schreckliche ist nicht die Kraft des Riesen, sondern seine Stimme, mit der er alles mit Schimpf und Schande überzieht. Sobald Harpin den Mund aufmacht, spricht er nicht, sondern er spuckt. Alles überschüttet er mit Hohn und Spott.
So ist Harpin.
Und so erschien er im Morgengrauen unten am Burgweg der dreizehnten Burg. Die vier Söhne des Burgherrn, die noch am Leben waren, hatte er mitgebracht.
Sie trugen keine Kleider, sondern Säcke. Sie trugen auch keine Schuhe. Sie waren barfuß und saßen auf Pferden, die keine Pferde waren, sondern nur die Gerippe von Pferden.
Den Pferden hatte der Riese die Mähnen und Schwänze zusammengebunden, sodass sie aneinander gefesselt waren. Und hinter den Pferden, die wie Gerippe waren, ging ein hässlicher Zwerg. Der trug eine Peitsche und schlug damit auf die vier Söhne ein, bis sie bluteten.
Als Iwein das sah, hielt es ihn nicht mehr länger am Burgtor. Er setzte seinen Helm auf den Kopf, gab seinem Pferd die Sporen, stürmte den steilen Burgweg hinab und rief laut:
»Sei mir gegrüßt, Riese Harpin. Sprich hier und jetzt dein letztes Gebet, denn deine Stunde hat geschlagen! Und du, Zwerg, der du die Peitsche trägst, knie dich daneben und bete laut mit!«
Da brach der Riese Harpin in ein großes Gelächter aus. Was für ein Gelächter das war, könnt ihr euch denken. Es war das

schrecklichste Gelächter, das Iwein jemals in seinem Leben gehört hatte, und er war froh, dass er seinen Helm trug.
Denn der Riese lachte wie Donner, Blitz und Hagel in einem. Es war, als rollten Felsen den Burgweg hinunter. Der Riese lachte die ganze Welt aus. Er lachte Erde und Himmel aus.
Aber während er noch mit seinem Lachen beschäftigt war und sich dabei bog wie der Mast eines Schiffes im Sturm, stürmte Iwein den Burgweg hinunter auf ihn zu und versetzte ihm mit seinem Immerschwert einen Stoß mitten in die Brust, fast dorthin, wo Harpins Leben saß.
Da geriet der Riese ins Wanken. Auf einmal begriff er, dass der Ritter keine Angst vor ihm hatte, sondern dass er ihn wirklich treffen wollte.
Und heulend riss er die Stange empor und schlug damit so heftig auf Iwein ein, dass der wie tot auf seinem Pferd liegen blieb, das entsetzt auf die Seite floh.
Und Harpin ihm nach, mit riesigen Schritten, die tief hinab in den Boden fuhren. Und wieder riss er die Stange nach oben, um nochmals auf Iwein einzuhauen und ihm den Rest seines Lebens aus dem Körper zu schlagen.
Das sah der Burgherr, das sah seine Tochter, und das sahen auch die vier Söhne auf ihren elenden Pferden.
Das sah auch der Zwerg, und er lachte und schwang vor lauter Freude die Peitsche.
Aber da war noch einer, der sah das auch. Das war der König der Tiere. Und der König der Tiere griff an.

Von hinten sprang er dem Riesen in den Rücken und riss ihm mit seinen scharfen Krallen die Lederhaut auf, von oben bis unten.
Harpin schrie und brüllte vor Schmerz und hob jetzt die Stange gegen den Löwen. Aber der Löwe war schneller und klüger als er.
Wo die Stange war, war der Löwe nicht, und wo der Löwe war, da war keine Stange, und so tanzte der Riese im Kreis herum und konnte nicht treffen, was er treffen wollte.
Nicht den Löwen und auch nicht seinen Ritter, der auf seinem Pferd jetzt wieder zum Leben erwacht war und dem Riesen mit seinem Immerschwert entschlossen zum zweiten Mal in den Leib fuhr.
Und diesmal traf er ihn mitten ins Herz.
Der Riese fiel um wie ein toter Baum. Und der Zwerg stieß einen spitzen Schrei aus und rannte davon. Neben seinem toten Herrn lag die Peitsche.

6.
Iwein rettet Lunete

WIE GLÜCKLICH ALLE WAREN, die den Kampf gesehen hatten, könnt ihr euch denken.

Aber als der Burgherr der dreizehnten Burg sich bei Iwein bedanken wollte, sagte Iwein:

»Bedank dich nicht bei mir, sondern bei meinem König. Ohne ihn wäre ich verloren gewesen. Und jetzt muss ich weiter. Denn ich habe im Land Nebenan zu tun. Meine Zeit ist knapp. Nicht mehr lange, dann steht die Sonne am höchsten. Und ich darf meine Frist nicht versäumen, denn diesmal geht es um Leben und Tod.«

Der Burgherr der dreizehnten Burg ließ Iwein nur ungern ziehen. Aber er hatte keine andere Wahl, denn Iwein saß längst wieder auf seinem Pferd.

Also konnte er nur noch winken. Und die vier Söhne und die Tochter winkten auch, bis sie den Ritter und seinen Löwen nicht mehr erkennen konnten.

Iwein ritt schnell, und der König der Tiere lief ebenso schnell, weil er wusste, dass sie es eilig hatten.

Als die Sonne schon fast am höchsten stand, erreichten sie endlich das Land Nebenan. Und als die Sonne am höchsten stand, erreichten sie endlich den Brunnen mit der Kapelle.
Es war auch wirklich allerhöchste Zeit.
Denn Lunete saß längst nicht mehr in der Kapelle, man hatte sie schon auf den Platz neben der Linde geführt. Da saß sie gefesselt am Boden und wusste nicht, was sie sagen sollte.
Vor ihr standen die drei Hofmeisterbrüder und hielten Gericht. Und um sie herum saßen viele Leute, die waren alle aus Neugier gekommen, weil sie wissen wollten, wie die Sache ausging.
Der obere Hofmeister zog ein Papier aus der Tasche und sagte:
»Lunete, hier auf dem Papier steht ganz genau, wie schuldig du bist. Denn du hast deine Herrin Laudine verraten, du hast ihr den falschen Mann empfohlen. Einen treulosen Ritter, der das ganze Land Nebenan in große Not gebracht hat.«
Als Iwein das hörte, ergriffen ihn Trauer und Zorn, aber er zeigte sich nicht, sondern lauschte weiter. Jetzt begann der zweite Bruder zu sprechen, der mittlere Hofmeister.
Der sagte:
»Dass du schuldig bist, ist keine Frage. Aber weil wir gute Menschen sind, haben wir dir eine Frist gesetzt, damit du dir einen suchen kannst, der vielleicht doch noch deine Ehre verteidigt und bereit wäre, gegen uns drei zu kämpfen. Aber wie man sieht, ist keiner gekommen.«
Da sagte der dritte Bruder, der untere Hofmeister:

»Lunete, heb deinen Kopf nach oben. Du siehst, dass die Sonne am höchsten steht. Höher kann sie nicht stehen. Es ist keiner gekommen. Und es wird auch keiner mehr kommen.«

Aber da sprang Iwein hinter der Linde hervor und rief laut und deutlich:

»Richtig, ihr Brüder! Es kommt keiner mehr. Denn der, auf den ihr wartet, ist längst da!«

Die Gesichter hättet ihr sehen sollen! Die langen Gesichter der drei Hofmeisterbrüder, die nicht wussten, woher dieser Ritter kam, mit dem sie nicht mehr gerechnet hatten. Iwein war wie vom Himmel gefallen.

»Was soll das!«, rief der obere Hofmeister. »Wer bist du, für diese Dame zu kämpfen!«

»Ich bin der Ritter mit dem Löwen!«, sagte Iwein. »Ich kämpfe an der Seite des größten Königs. Und ich kämpfe für diese Frau da am Boden. Denn sie soll nicht länger am Boden liegen, sie ist vollkommen frei von Schuld.«

»Da täuschst du dich«, sagte der mittlere Hofmeister. »Sie ist nicht frei von Schuld, sondern eine Schlange.«

Und der untere Hofmeister setzte hinzu: »Versuch einmal, gegen sie Schach zu spielen, dann weißt du sofort, wer sie ist!«

Da lachte Iwein, zog sein Schwert aus dem Gürtel und rief: »Schach den Hofmeisterbrüdern! Wer von euch will zuerst?«

»Von zuerst kann keine Rede sein«, sagte der obere Hofmeister. »Die Abmachung gilt für uns zusammen. Wir kämpfen zu dritt, nur du kämpfst allein.«

»Umso besser«, sagte Iwein. »Dann bin ich schneller fertig mit euch und kann wieder meiner Wege gehen, denn ich habe auch noch woanders zu tun.«
»Woanders kann warten und wird warten müssen«, sagte der untere Hofmeister. »Die Welt sieht dich heute zum letzten Mal.«
Mit diesen Worten sprang er auf sein Pferd. Auch die anderen beiden sprangen auf ihre Pferde. Klirrend schlossen sich ihre Visiere. Und wie ein Mann jagten sie auf Iwein zu.
Der saß längst fest auf seinem Pferd und zog jetzt das Immerschwert aus dem Gürtel. Mit einem einzigen Hieb schlug er den oberen Hofmeister aus dem Sattel.
Da ging ein Raunen und Murmeln über den Platz. Denn alle, die bei der Linde saßen, weil sie gekommen waren, um Lunete sterben zu sehen, sahen, was für ein guter Ritter da kämpfte. Und sie sagten zueinander:
»Der kämpft ja fast so gut wie ein blauer Zwilling!«
Aber so gut Iwein auch kämpfte, er war nur einer, und sie waren noch zwei. Und weil sie ihren Bruder unten am Boden sahen, kämpften sie jetzt mit doppelter Wut und doppelter Kraft. Sie kämpften wie vier.
Die Sonne wanderte weiter, der Kampf ging weiter, und als die Sonne schon ziemlich tief stand, schlug Iwein den mittleren Hofmeister aus dem Sattel. Aber als er den Zweiten schlug, traf ihn von hinten das Schwert des Dritten.
Da stürzte Iwein vom Pferd. Mit letzter Kraft kam er wieder

auf die Beine und kämpfte zu Fuß weiter, während der untere Hofmeister von oben mit seinem Schwert auf ihn einschlug. Er schlug so heftig auf ihn ein, dass Iwein in die Knie gehen musste.

Aber da sprang hinter der Linde der Löwe hervor, auf den Rücken des Pferdes des dritten Bruders. Das Tier erschrak sich zu Tode, stellte sich auf die Hinterbeine und warf den unteren Hofmeister ab.

Und das war das Ende der drei Hofmeisterbrüder.

7.
Der Löwenritter und Laudine

DA IST ABER NOCH ETWAS, das ich euch verschwiegen habe. Und ich finde, ihr solltet es wissen.
Als nämlich dort neben der Kapelle auf dem Platz bei der Linde die Hofmeisterbrüder über Lunete Gericht hielten und Iwein kam, um sie zu befreien, war unter den Zuschauern auch eine Frau, die stand ganz allein am Rand des Platzes.
Ich bin sicher, ihr wisst, wen ich meine, obwohl man sie nicht gut erkennen konnte. Denn über ihrem roten Mantel trug sie einen schwarzen Schleier, der fiel ihr bis auf den Kragen herab. Deshalb war ihr Gesicht nicht zu sehen.
Das war die Herrin vom Land Nebenan. Das war Laudine in eigener Person.
Als sie den Ritter da kämpfen sah, dachte sie bei sich:
›Wer auch immer das ist, wer auch immer da kämpft, vor dir kämpft ein richtiger Ritter. Ein echter Ritter! Das erkennt man sofort. Das sehe ich an seinem Immerschwert.
Und wie glücklich Laudine war, als der Ritter die drei Hofmeisterbrüder im Handstreich erschlug, könnt ihr euch denken.

Denn er hatte sie von ihrem Irrtum befreit und ihrer Freundin Lunete das Leben gerettet und ihr die Ehre zurückgegeben, falls sie sie jemals verloren hatte.
Er hatte Laudine nämlich gezeigt, dass die Hofmeisterbrüder die schlechtesten Ratgeber von allen waren.
Plötzlich war Laudine überhaupt nicht mehr traurig, jedenfalls nicht mehr so traurig wie vorher. Und zum ersten Mal seit langem dachte sie daran, wieder selber die Herrin zu sein und ihr Land mit eigener Hand zu regieren.
›Wozu brauche ich die drei Hofmeisterbrüder‹, dachte sie bei sich. ›Regieren kann ich auch selbst. Ich muss dabei nur meinem Herzen folgen. Wozu trage ich schließlich das Herz eines Mannes? Sagt mir mein Herz denn nicht, was zu tun ist? Ich bin doch die stärkste Frau von allen! Und was mein Herz mir nicht sagen kann, das sagt mir Lunete. So viel ist klar, sie ist die Treueste und Beste von allen.‹
Aber als Laudine an das Regieren dachte, dachte sie auch, wie schön und praktisch es wäre, jemanden an ihrer Seite zu haben, der ihren Brunnen bewachen könnte.
›Weißer Ritter hin oder her, aber mein Herz ist vergeben‹, sagte sie schließlich zu sich selbst. ›Mein Herz hat Iwein mit auf die Reise genommen, und der bringt es mir nie mehr zurück. Dafür trage ich sein Herz in meiner Brust, und das kann ich dem Löwenritter nicht geben. Ich will es auch nicht. Denn obwohl mich Iwein verraten hat und warum auch immer er mich verließ, sein Herz kann und will ich nicht weitergeben.

Weil sein Herz viel besser ist als er selbst. Nur weiß Iwein das nicht.‹

So wanderten ihre Gedanken hin und her und hielten das eine gegen das andere. Daran könnt ihr sehen, wie gut ihr der Löwenritter gefiel.

Und auch, was für schlechte Ohren sie hatte. Denn dass ihr eigenes Herz in seiner Brust schlug, das hörte sie nicht. Auch dann nicht, als sie zu ihm ging und sagte:

»Fremder Ritter! Du hast meine beste Freundin gerettet, und dafür will ich dir danken.«

Aber Iwein hatte bessere Ohren! Er erkannte sein eigenes Herz sofort, das da ihm gegenüber in der Brust der Frau unter dem schwarzen Schleier schlug.

Das ist jetzt die Lage: Iwein steht seiner eigenen Frau gegenüber, die er mehr als sein Leben liebt, und kann sich doch nicht zu erkennen geben, weil er weiß, dass sie ihn eigentlich hassen muss und dass sie ihm niemals vergeben wird. Denn er hat sich nicht an die Frist gehalten.

Da erfasste ihn wieder der schreckliche Schmerz, und er brachte kein einziges Wort heraus. Seine Beine zitterten so entsetzlich, dass er seine ganze Kraft brauchte, um nicht in die Knie zu gehen und vor Laudine auf den Boden zu fallen.

So standen sie einander gegenüber. Laudine unter ihrem Schleier, und Iwein hinter seinem Visier.

Da sagte Laudine:

»Lieber Ritter! Wenn du einen Mund unterm Helm hast, dann

sprich mit mir! Sag mir, wie du heißt, denn ich will dich belohnen.«
Jetzt fand seine Kraft zu Iwein zurück. Und er sagte:
»Ich bin der Ritter mit dem Löwen.«
»Den Löwen habe ich schon gesehen«, sagte Laudine und lachte. »Aber sag mir doch deinen richtigen Namen!«
»Ich habe keinen anderen Namen«, sagte Iwein. »Früher hatte ich einen Namen, aber den habe ich unterwegs verloren, als ich auszog, um Abenteuer zu suchen.«
Da befiel Laudine eine seltsame Neugier.
»Was sind das für Abenteuer gewesen?«, fragte sie.
»Das möchtest du lieber nicht wissen«, sagte Iwein. »Es waren mehr Fehler als Abenteuer. Und deshalb darf ich nicht länger hierbleiben. Denn mein König und ich, wir haben zu tun. Wir müssen weiter. Man wartet auf uns.«
»Wer wartet auf euch?«, fragte Laudine.
»Irgendwer wartet immer auf uns«, sagte Iwein.
»Aber so könnt ihr nicht gehen«, sagte Laudine streng. »Ihr blutet doch beide und seid schwer verletzt.«
Das stimmte. Denn die drei Brüder hatten Iwein eine Menge Wunden geschlagen. Und der Löwe hatte vier blutige Pfoten.
Aber Iwein sagte:
»Das siehst du falsch, das sind keine Wunden. Das sind nur Schrammen, die heilen beim Reiten. Ich habe andere, größere Wunden, aber die kannst du nicht sehen und auch nicht heilen. Jedenfalls nicht heute und hier.«

Ihr wundert euch. Und ich wundere mich auch, dass Laudine noch immer das Herz nicht erkannte, das in der Brust unter der weißen Rüstung des Ritters schlug, der da vor ihr stand.
Aber weil Iwein den Anblick Laudines nicht länger ertrug, bestieg er sein Pferd und ritt davon.
Vorher drehte er sich noch einmal um und gab Lunete ein Zeichen. Denn nur sie allein wusste, wer er war. Und zum Zeichen, dass sie sein Zeichen verstand, nickte Lunete, hob die Hand und legte einen Zeigefinger auf die Lippen.
Da wusste Iwein, dass sie seinen Namen für sich behalten würde.

8.
Iwein versorgt seinen König

SIE ZOGEN WEITER, der König der Tiere mit seinem Ritter. Aber sie kamen nur langsam voran. Und von Schritt zu Schritt wurden sie langsamer.
Denn es ist wahr, was Laudine gesagt hatte, schließlich hatte sie Augen im Kopf. Der König der Tiere und sein Ritter waren beide sehr schwer verletzt.
Iwein saß weit nach vorn gebeugt und hatte Mühe, sich auf seinem Pferd zu halten, denn die drei Hofmeisterbrüder hatten ihm mehr als dreimal schwer auf den Rücken geschlagen.
Und der König der Tiere zog, während er ging, ein langes rotes Band hinter sich her. Aber das war kein Band, sondern frisches Blut. Er blutete nämlich aus allen vier Pfoten gleichzeitig.
Da hielt Iwein sein Pferd an, stieg ab und sagte:
»Mein König der Tiere, ich ertrage den Anblick deiner Schmerzen nicht länger. Leg dich ins Gras, damit ich dir die Pfoten versorgen kann.«
Da legte sich der König der Tiere ins Gras und ließ sich von seinem Ritter die Pfoten versorgen. Seine eigene Zunge reichte

schon längst nicht mehr aus, um sich damit die Wunden zu lecken.
Iwein kniete sich neben den Löwen ins Gras und wusch ihm gründlich alle vier Pfoten mit frischem Wasser. Dann suchte er Moos und frische Blätter, um die Löwenwunden damit zu bedecken.
Dann legten sich beide neben den Weg ins Gras und schliefen zu Tode erschöpft ein. Daneben stand Iweins Pferd und schlief auch, denn es war genauso müde vom Kämpfen.
Sie schliefen lange.
Und während sie zwischen dem Land Nebenan und dem Land Tausendburgen im Tiefschlaf lagen, geschahen da draußen viele Dinge, wie das im Leben der Menschen so üblich ist.
Denn die Menschen kommen selten zur Ruhe. Wenn sie leben, kämpfen sie, und wenn die Kämpfe zu Ende sind, werden sie alt und müssen sterben.

9.
Der letzte Gast

SO WAR ES AUCH IM LAND TAUSENDBURGEN. Dort lag krank der Burgherr der tausendsten Burg und wartete auf seinen letzten Gast. Er war nicht nur krank, sondern auch sehr alt und wusste, dass die Zeit zum Sterben gekommen war.
Weil er das wusste und weil er ein kluger Mann war, rief er seine beiden Töchter zu sich ans Bett und sagte:
»Töchter, ich muss mit euch reden. Wie ihr wisst, warte ich auf den letzten Gast, und jede Sekunde kann er klopfen. Darauf müsst ihr euch vorbereiten. Haltet mir Türen und Fenster weit offen, denn ich sehne mich sehr nach frischer Luft.«
Da erschraken die beiden Töchter und sagten:
»Besser wir halten die Türen geschlossen, dann kommt der letzte Gast nicht herein.«
Da lachte der Burgherr der tausendsten Burg müde und sagte:
»Auch fest verschlossene Türen retten mich nicht. Das müsst ihr doch wissen. Der letzte Gast besitzt nämlich sämtliche Schlüssel zu sämtlichen Türen der Welt. Deshalb seid besser

freundlich zu ihm und behandelt ihn wie den besten Gast. Gebt ihm Wein und Brot und versucht, ihn freundlich zu stimmen, damit mir der Abschied leichter wird. Und gebt auch seinen Pferden zu trinken. Vergesst nicht, dass er zwei davon hat, eins für sich und eins für mich. Seins ist schwarz und meins ist schwarzweiß, das ist mein Pferd für die letzte Reise, von der ich nicht weiß, wohin sie mich führt. Kann sein, ins Dunkle, kann sein, ins Licht.«

Da erschraken die beiden Töchter noch mehr. Aber der Burgherr der tausendsten Burg lachte noch etwas müder als vorher und sagte:

»Erschreckt nicht. Ich muss sterben, da ist nichts zu machen. Das ist der Gang der Dinge. Aber ich habe für alles gesorgt. Ihr werdet bekommen, was ihr braucht, um gut auch ohne mich weiter zu leben. Ich schenke euch alles. Die Burg und den Garten, vier Felder, zwei Wiesen, tausend Pferde und tausend Diener, das reicht für euch bis an euer eigenes Ende. Nehmt alles und teilt es gerecht. Und dass ihr mir nicht in Streit geratet, für jede von euch ist genug da. Für jede von euch eine halbe Burg, ein halber Garten, eine Wiese, zwei Felder und fünfhundert Pferde. Und obenauf noch die fünfhundert Diener.«

Vielleicht wollte der Burgherr noch etwas anderes sagen, aber das konnte er nicht, weil es in diesem Moment an der Tür klopfte. Und herein trat der letzte Gast und sagte:

»Da bin ich, Burgherr der tausendsten Burg! Unten im Hof stehen zwei gesattelte Pferde. Die Luft ist frisch, und der Abend

ist hell. Lass uns reiten. Je früher wir reiten, desto besser, wer zögert, verliert!«
Die beiden Töchter erschraken zu Tode und liefen eilig hinaus in die Küche, um für den letzten Gast Brot und Wein zu holen, wie ihnen der Vater geraten hatte. Aber der letzte Gast schüttelte nur freundlich den Kopf und sagte:
»Essen und Trinken brauchen wir nicht. Unsere Reise ist kurz, und da, wo wir heute Nacht ankommen werden, gibt es Essen und Trinken genug. Für immer und ewig.«
Mit diesen Worten verschwand der Burgherr mit seinem letzten Gast. Als die Töchter zur Tür hinausliefen, um ihrem Vater zum Abschied zu winken, waren die zwei schon zum Burgtor hinaus. Die Pferde aber liefen nicht, sondern flogen über die Erde, sodass kein Hufschlag zu hören war.

10.
Der Streit der beiden Schwestern

DIE BEIDEN SCHWESTERN, die Töchter des Burgherrn, blieben zurück.

Aber während die Jüngere klagte und weinte, denn sie hatte ihren Vater sehr geliebt und wollte nicht glauben, dass er nicht wieder käme, dachte die Andere über alles nach, was der Vater zum Abschied gesagt hatte. Sie dachte bei sich:

›Was soll ich mit einer halben Burg, wenn hier doch eine ganze steht. Zwei Wiesen sind doch viel schöner als eine, und vier Felder sind fruchtbarer als zwei. Tausend Pferde und tausend Diener, das ist gerade passend für mich.‹

Und laut sagte sie:

»Liebe Schwester, ich muss mit dir reden. Ich glaube, unser Vater hat sich vertan. Er hat nie viel von den Regeln verstanden. Aber jetzt ist er tot, und Gott hab ihn selig, also kein böses Wort über ihn. Nur was die Verteilung der Dinge betrifft, hat er sich nicht ganz richtig verhalten. Du weißt ja, dass ich die Ältere bin und dass mir deshalb alles gehört. Das ist einfach, das versteht man sofort. Und ich hoffe, dass du das auch verstehst.«

Aber die jüngere Schwester verstand überhaupt nicht, wovon die Ältere redete. Sie verstand nur, dass sie verlieren sollte, was der Vater ihr zugesprochen hatte. Und sie sagte:
»Liebe Schwester, so geht das nicht. Wie soll ich da leben? Du hast doch gehört, was unser Vater gesagt hat.«
Die ältere Schwester sagte:
»Das hat er nur so daher gesagt, du weißt doch selbst, was die Sterbenden reden. Sie wissen doch gar nicht, wovon sie reden, weil sie mit ihren Gedanken längst schon woanders sind. Er hat es gesagt, aber nicht gemeint. Er hat es einfach nicht besser gewusst.«
Da war die jüngere Schwester ganz verzweifelt, aber geschlagen gab sie sich nicht, sondern sagte:
»Liebe ältere Schwester! Wenn das so ist, werden wir kämpfen müssen, auch wenn mir der Gedanke das Herz schwer macht. Denn unser Vater hat gesagt, dass wir über die Dinge nicht streiten sollen. Aber weil du den Streit suchst, will ich mir einen Kämpfer suchen, weil ich alleine nicht kämpfen kann. Gleich morgen reite ich zu König Artus und suche mir dort einen echten Ritter, der meine Sache verteidigen wird.«
Dann ging sie in den Garten und weinte.
Die ältere Schwester ging nicht in den Garten und weinte, sondern setzte sich auf ihr Pferd und ritt davon.
Ihr merkt schon, was für einen Plan sie hatte. Der ging auch auf. Denn weil sie als Erste geritten war, kam sie als Erste bei Artus an. Und jetzt seht ihr, wie alles am Schnürchen lief.

Gleich vorne am Burgtor kam ihr nämlich Ritter Gawein entgegen. Der war auf Urlaub zwischen zwei Turnieren und grüßte sie freundlich. Denn sie war zwar böse im Herzen, aber schön im Gesicht, und ihr Herz konnte Gawein schließlich nicht sehen. Also fragte er:
»Wohin, schöne Dame?«
Die ältere Schwester sagte:
»Ich suche den Besten der Besten!«
»Den musst du nicht suchen, du hast ihn gefunden!«, rief Gawein und lachte.
Da freute sich die ältere Schwester und sagte:
»Dann willst du für meine Sache kämpfen?«
»Was für ein Sache ist das?«, fragte Gawein.
Die ältere Schwester trug ihren Fall vor. Aber dabei verdrehte sie alles und erzählte Gawein eine Geschichte, die von vorne bis hinten erlogen war.
Sie erzählte von ihrem sterbenden Vater und wie gierig ihre jüngere Schwester war und dass sie ihr alles wegnehmen wollte und dass nichts für sie übrig bleiben sollte. Nicht einmal die Ehre. Und während sie das alles erzählte, vergoss sie sogar ein paar Tränen. Das machte sie so gut, dass ihr Kummer ganz echt aussah.
Ihr wisst ja, wie das mit Tränen ist. Sie gehen ans Herz. Und Gawein rief laut:
»Wenn es sich so verhält, schöne Dame, dann werde ich für dich kämpfen!«

»Kämpf für mich, und gewinn für mich!«, rief die ältere Schwester. »Aber vorher verrate mir deinen Namen, damit ich auch weiß, wer für mich kämpft!«
»Meinen Namen musst du nicht wissen«, sagte Gawein. »Merk dir nur, dass ich der Beste bin. Aber damit die Sache gerecht ist, müssen wir mit dem Kampf etwas warten. Das verlangt das Gesetz am Hof von Artus. Ganz egal, wie böse sie ist, deine kleine Schwester, du musst ihr doch sieben Tage geben, damit auch sie einen Kämpfer findet. Aber keine Sorge. Sie wird keinen finden, der besser ist. Nur einer kann nämlich kämpfen wie ich, und von dem weiß niemand, wo er ist. Der ging vor einiger Zeit verloren, niemand weiß, durch welchen Wald er irrt. Keiner hat ihn je wieder gesehen.«
Während er so sprach, versetzte ihm seine eigene Rede plötzlich einen Stich ins Herz, denn er sprach ja von seinem besten Freund, von Ritter Iwein, dem blauen Zwilling. Und er fühlte, wie sehr Iwein ihm fehlte.
Aber weil er nicht wollte, dass die ältere Schwester das sah, drehte er sich um und wischte sich einmal kurz über die Augen, als müsste er nur eine Fliege verscheuchen.
Dann sagte er:
»Komm heute in sieben Tagen zurück, dann will ich dein bester Kämpfer sein. König Artus selbst wird den Vorsitz führen und in deiner Sache der Richter sein. Sag das auch deiner Schwester. Aber wen immer sie bringt, der ist schon heute ein toter Mann.«

Das waren natürlich große Worte, mit eitler Zunge und dicker Lippe gesprochen. Aber ihr wisst ja, wie Gawein ist, er glaubte tatsächlich an seinen Sieg.
Das tat die ältere Schwester auch. Sie lachte ihn an von oben bis unten und warf ihm eine doppelte Kusshand zu. Dann ritt sie pfeifend davon.

11.
Die jüngere Schwester am Artushof

WÄHRENDDESSEN HATTE DIE JÜNGERE SCHWESTER die ganze Nacht im Garten der tausendsten Burg gesessen und geweint. Erst bei Morgenanbruch machte sie sich auf den Weg und ritt ebenfalls an den Hof von Artus.

Auf dem Burgweg traf sie Keie, der gerade damit beschäftigt war, eine Ladung von Fässern entgegenzunehmen.

Sie begrüßte ihn höflich und fragte:

»Lieber Ritter, kannst du mir helfen?«

Keie sah sie von oben bis unten an. Und weil er sah, dass sie nicht nur schön war, sondern auch traurig, und weil sein Tag ein guter Tag war und die Fässer wie von selbst über den Burgweg rollten, tat sie ihm leid. Und er nahm seine Zunge in Acht und sagte:

»Wenn ich dir helfen kann, helfe ich dir. Aber wenn ich deine Sorgen nicht kenne, kann ich dir auch nicht helfen.«

Da erzählte ihm die jüngere Schwester alles, und Keie sagte:

»Könnte ich mit meiner Zunge kämpfen, dann wäre ich sicher dein bester Mann. Aber du siehst ja, wie man hier kämpft, Auge um Auge und Zahn um Zahn, immer mit Schwertern. Und das beste Schwert ist leider vergeben. Deine Schwester war nämlich schneller als du, sie ist gestern schon hier gewesen und hat den Besten für ihre Sache gewonnen. Und gegen den Besten tritt keiner an. Es gibt nur einen, der kämpft wie er, aber der ist seit einiger Zeit verschwunden. Niemand weiß, was aus ihm geworden ist und durch welche finsteren Wälder er irrt.«

Da begriff die jüngere Schwester, dass sie zu spät gekommen war und dass ihre Schwester sie betrogen hatte, und sie begann laut zu weinen.

Das ging Keie ans Herz. Wundert euch das? So kennt ihr ihn gar nicht? Mich wundert es nicht. Auch Keie hat nämlich seine herzlichen Tage. Und in den Tiefen seines Herzens hat er das Kämpfen schon lange satt, diesen ewigen Streit um Ehre und Bänder. Nur deshalb ist seine Zunge so scharf.

Weil ihm die jüngere Schwester so leid tat, dass ihm jetzt überhaupt nichts mehr einfiel, bot er ihr einfach ein Glas Wein an. Das trank sie gern. Und als sie den Becher geleert hatte, wurde sie plötzlich mutig und wach, sprang auf ihr Pferd und rief laut und zornig:

»Hört mich, ihr Ritter vom Artushof, ihr werdet schon sehen! Ich werde Tag und Nacht reiten, wenn es sein muss bis dorthin, wo mein Vater jetzt ist. Und auf dem Weg dorthin werde ich einen finden, der bereit ist, für meine Sache zu kämpfen! Wartet nur ab!«

Da sagte Keie:

»Schöne Dame, reite und such! Wer weiß, wen du findest. Ich wünsche dir tausend Mal Glück! In sieben Tagen bist du zurück, dann wirst du gewinnen.«
Das sagte Keie, weil er sie mochte, nicht, weil er dran glaubte. Aber ihr und ich, wir glauben daran.

12.
Die Suche

DIE JÜNGERE SCHWESTER RITT DAVON. Sie ritt Tag und Nacht. Sie ritt, bis sie nicht mehr reiten konnte und vor Müdigkeit fast vom Pferd fiel.

Sie ritt trotzdem weiter, von Land zu Land und von Burg zu Burg, denn immer noch hoffte sie, einen Ritter zu finden, der bereit wäre, für ihre Sache zu kämpfen.

Aber wohin sie auch kam, niemand wollte ihr helfen. Egal, in welcher Burg sie auch abstieg, und egal, welchen Ritter sie fragte.

Denn sobald sie sagte, dass es der Beste sei, gegen den sie zu kämpfen hätten, wurden alle Ritter auf einmal still. Das kann man verstehen. Wer will schon gegen den Besten kämpfen und dabei sein eigenes Leben verlieren? Deshalb war die Antwort auf ihre Frage immer dieselbe, immer sagten die Ritter:

»Ach, liebe Dame, wie gerne ich für dich kämpfen würde, aber gerade jetzt habe ich leider gar keine Zeit. Es sind so viele andere Dinge zu tun, die sich wirklich nicht aufschieben lassen. Aber ein anderes Mal gern.«

So verging der erste Tag und der zweite Tag und der dritte Tag, und immer noch konnte sie keinen Ritter finden. Bis sie am vierten Tag zur dreizehnten Burg kam und todmüde um ein Nachtquartier bat.
Der Burgherr der dreizehnten Burg nahm sie freundlich auf und lud sie an seinen Tisch zum Essen.
Am Tisch saß seine ganze Familie. Ihr erinnert euch sicher noch an die vier Söhne und an die schöne Tochter, die Iwein vor dem Riesen gerettet hatte?
Die Söhne trugen keine Säcke mehr, sondern richtige Kleider. Die Tochter war überhaupt nicht mehr traurig und schöner als je zuvor. Und der Burgherr war ein fröhlicher Mann, denn in seinem Garten wuchsen wieder die Bäume.
Beim Essen erzählte die jüngere Schwester ihre ganze Geschichte. Sie hatte die Hoffnung immer noch nicht aufgegeben, und nachdem der Burgherr alles angehört hatte, sagte er:
»Hör mir gut zu. Ich kenne einen, der kann dir helfen. Denn er hat mir und meiner Familie das Leben und die Ehre gerettet. Er hat den grausamsten Riesen erschlagen, den jemals ein Mensch gesehen hat. Warum sollte er da nicht auch den Besten besiegen? Denn dieser Ritter ist noch besser als der Beste, weil er der Beste der Besten ist.«
Da wurde die jüngere Schwester auf einmal hellwach und aufgeregt, und sie rief:
»Wo ist dieser Mann? Und wie heißt er? Sag mir um Gottes willen seinen Namen!«

»Seinen Namen kenne ich nicht«, sagte der Burgherr der dreizehnten Burg. »Niemand kennt seinen Namen, er gibt ihn nicht preis. Aber er ist nicht allein unterwegs. Er hat einen Löwen bei sich, der begleitet ihn Tag und Nacht und weicht niemals von seiner Seite. Deshalb nennt man ihn auch den Ritter mit dem Löwen. An seinem Löwen erkennst du ihn. Und er ist wirklich ein guter Mann. Denn er hat nicht nur mich von dem Riesen befreit, sondern erst vor wenigen Tagen im Land Nebenan einer jungen Frau das Leben gerettet, der man den Prozess machen wollte. Sie kann dir sagen, wo du ihn findest.«

»Und wo finde ich diese Dame?«, fragte die jüngere Schwester hastig.

»Nicht weit von hier, gleich hinter der Grenze, dort, wo das Land Nebenan beginnt, findest du bei einer Linde eine Kapelle und einen Brunnen«, sagte der Burgherr. »Und mit etwas Glück auch die passende Dame.«

Da bedankte sich die jüngere Schwester voller Freude bei dem Burgherrn und seiner Familie, sprang auf ihr Pferd und ritt davon.

Sie ritt die ganze Nacht, und am Morgen erreichte sie das Land Nebenan und kam zu dem Brunnen mit der Linde und mit der Kapelle.

Ob ihr es glaubt oder nicht, unter der Linde saß in einem hellroten Mantel Lunete persönlich und spielte Schach. Sie spielte, wie meistens, gegen sich selbst, denn außer ihr war sonst keiner da. Nur ihr Pferd stand da und graste.

Die jüngere Schwester sprang ab und rief:
»Liebe Dame, wer bist du, und gegen wen spielst du?«
Lunete lachte und sagte: »Ich bin die Beste der Besten, gegen die keiner spielt, also muss ich gegen mich selber spielen. Wenn du Lust hast, ein Platz ist noch frei.«
Da sagte die jüngere Schwester:
»Vom Schachspiel verstehe ich leider nichts, und zum Lernen fehlt mir die Zeit, denn ich habe Sorgen. Du musst nämlich wissen, dass ich in großer Not bin und dass ich nach einem Ritter suche, der der Einzige ist, der mir helfen kann. Seinen Namen kenne ich nicht, aber man nennt ihn den Ritter mit dem Löwen. Weißt du, wo ich ihn finden kann?«
»Wenn das so ist, dann kann ich dir helfen«, sagte Lunete freundlich, »den Ritter mit dem Löwen kenne ich gut, er hat mir erst vor wenigen Tagen hier unter der Linde das Leben gerettet. Danach ist er seiner Wege gegangen.«
Dann zeigte sie auf einen kleinen Weg, der hinter dem Brunnen im Wald verschwand:
»Wenn du ihm auf diesem Weg da folgst und das Glück dabei auf deiner Seite ist, wirst du ihn finden. Und wenn du ihn dann gefunden hast, bitte ihn, worum immer du willst. Ist deine Sache gerecht, dann Schach dem Besten. Denn der Löwenritter ist der Beste der Besten.«
Da schlug der jüngeren Schwester das Herz bis zum Hals. Vor lauter Freude küsste sie Lunete erst die Stirn und danach beide Hände.

Dann sprang sie auf ihr Pferd und ritt in die Richtung, die Lunete ihr angezeigt hatte.

13.
Unterwegs mit dem Löwenritter

DIESMAL RITT SIE NICHT LANGE. Denn das Glück saß aufrecht hinter ihr im Sattel und half ihr, den Löwenritter zu finden.
Sie erkannte ihn gleich, was nicht weiter schwer war. Iwein lag immer noch schlafend neben dem Waldweg unter den Bäumen zwischen den Büschen.
Sein Kopf war in den Nacken des Löwen gebettet. Neben den beiden stand schlafend das Pferd, das immer noch weiß wie Sahne war, genau wie die Rüstung des Löwenritters.
Alle drei träumten. Und das Fell des Löwen schimmerte in der Sonne wie frischgebürstetes Gold.
Die jüngere Schwester hielt ihr Pferd an und betrachtete die drei Schlafenden. Vor lauter Glück wagte sie kaum zu atmen.
Aber da wieherte plötzlich ihr Pferd, und das Pferd des Ritters erwachte und wieherte auch. Auch der König der Tiere erwachte und sprang auf alle vier Pfoten zugleich, weil er glaubte, er müsste schon wieder kämpfen.
Da erwachte auch Iwein und sah die Frau auf dem Pferd.

Er erhob sich, klopfte sich den Staub von den Knien, trat auf den Weg und sagte:
»Schöne Dame, kann ich dir helfen?«
»Bist du der Ritter mit dem Löwen?«, fragte die jüngere Schwester.
»Du sagst, was du siehst«, sagte Iwein und lachte. »Und wenn du deinen Augen vertraust, dann darfst du auch glauben, dass ich es bin.«
Da sprang die jüngere Schwester vom Pferd, warf sich vor Iwein ins Gras und rief:
»Wenn du es bist, dann musst du mir helfen!«
»Wie kann ich dir helfen?«, fragte Iwein.
Die jüngere Schwester erzählte ihm atemlos ihre ganze Geschichte. Wie der letzte Gast ihren Vater geholt hatte und für immer mit ihm davongeritten war, auf zwei Pferden, die keinen Hufschlag mehr haben. Und wie ihre Schwester sie betrogen hatte, weil sie schneller bei Artus gewesen war. Und dass sie den Besten gefunden hatte, der für sie kämpfen würde. Und dass sie selbst alles verlieren würde, wenn niemand gegen ihn antreten wollte.
»Wer auch immer dieser Beste ist«, sagte Iwein, »ich fürchte ihn nicht, seine Tage und Stunden sind längst gezählt, er ist so gut wie ein toter Mann. Denn wie du siehst, kämpfe ich an der Seite des größten Königs von allen. Solange wir zu zweit sind, kann uns nichts geschehen.«
Und jetzt lasst uns rechnen! Ich bin zwar nie in die Schule ge-

gangen, aber das hier ist einfache Mathematik. Vier Tage war die jüngere Schwester geritten, um einen zu finden, der in sieben Tagen gegen den kämpfen will, der behauptet, der Beste zu sein.

Jetzt ist der fünfte Tag angebrochen – bleiben also noch knappe drei Tage für Iwein und die jüngere Schwester, um an den Hof von Artus zurückzukehren.

So machten sich die drei auf den Weg. Weil der König der Tiere und sein Ritter lange geschlafen hatten, waren ihre Wunden verheilt, und sie kamen mühelos voran.

Und obwohl sie gar nicht geschlafen hatte, kam die jüngere Schwester auch gut voran, denn sie ritt ganz dicht an Iweins Seite, Pferd an Pferd, und auf der anderen Seite ritt das Glück und hielt sie hellwach.

Während sie ritten, erzählten sie einander Geschichten. Denn natürlich war Iwein neugierig und wollte erfahren, was am Hof von Artus vor sich geht und ob Keie noch immer die Fässer rollt, und ob die Stimmung dort gut oder schlecht ist, und was jetzt im Land Tausendburgen geschieht, und wie es Lunete im Land Nebenan geht.

»Sie sitzt bei der Kapelle unter der Linde und spielt Schach«, sagte die jüngere Schwester.

»Spielt sie immer noch gegen sich selbst?«, fragte Iwein.

»Außer dem Pferd war sonst niemand da«, sagte die jüngere Schwester.

»Auch nicht Laudine?«, fragte Iwein.

»Wer ist Laudine?«, fragte die jüngere Schwester.
Da schwieg Iwein und gab keine Antwort, denn die Erinnerung saß fest in seinem Herzen und tat immer noch weh.
Und weil er mit seinem Schmerz allein sein wollte, drehte er sich zur Seite und wischte sich mit dem Rücken der Hand über die Augen, als müsste er bloß zwei Fliegen verscheuchen.
Aber ihr wisst, dass das keine Fliegen waren, sondern zwei Tränen. Der König der Tiere wusste das auch. Nur die jüngere Schwester merkte nichts davon. Denn sie war mit ihren eigenen Angelegenheiten beschäftigt.
Im Reiten und Erzählen vergeht die Zeit wie im Flug, und gegen Abend waren sie müde und hungrig. Und als sie in der Ferne eine Burg erblickten, überlegten sie nicht lange, sondern ritten direkt dorthin, um etwas zu essen und zu trinken und vielleicht auch ein Bett zu finden.

14.
Die Burg zum Schlimmen Abenteuer

ICH SAGE EUCH BESSER GLEICH, was es mit dieser Burg auf sich hat. Diese Burg ist nämlich kein guter Ort, und ein Gast, der Augen und Ohren hat, wäre hier sicher nicht abgestiegen. Aber ein müder Ritter ist nur ein halber Ritter und kann das Gute vom Schlechten nicht trennen. Die Müdigkeit nimmt den Augen die Klarheit und den Ohren die Schärfe. Man sieht nicht mehr, was man sehen könnte, und hört nur noch, was man hören will.

So sind die Menschen. Ihre Müdigkeit denkt nur an Betten und Kissen und süße Träume. Ihr Hunger denkt an Tische und Teller, und ihr Durst denkt an nichts als an Gläser und Becher. So ging es auch Iwein und der jüngeren Schwester. Sie ritten einfach den Burgweg hinauf und achteten überhaupt nicht auf das, was um sie herum zu sehen war. So sehr waren sie mit sich selbst beschäftigt.

Nur der König der Tiere roch schon von weitem, dass dies kein gutes Quartier sein konnte, denn auch ein müdes Tier hat eine gute Nase, ein scharfes Ohr und ein klares Auge.

Aber auf den ersten Blick schien alles gewöhnlich. Da waren Frauen, die trugen Eimer und Körbe. Die Knechte führten die Pferde zur Tränke. Der Hofmeister war mit dem Transport von großen Kisten befasst. Und im Garten, der hinter der Burgmauer lag, schnitten die Gärtner die Bäume, die wuchsen wie andere Bäume auch, vielleicht nur etwas schneller und etwas höher.
Aber irgendetwas war trotzdem anders. Und jetzt sage ich euch, was das war. Es waren die Gesichter der Menschen, die nicht aussahen wie Gesichter von Menschen, sondern wie Masken. Nichts war in diesen Gesichtern zu sehen, nicht Fröhlichkeit und nicht Traurigkeit. Es war rein gar nichts darin zu sehen. Es waren leere Gesichter mit leeren Augen und leeren Stirnen und leeren Mündern. Denn sie sprachen nicht.
Auch die Körper der Menschen waren seltsam, denn sie waren alle nach unten gebeugt und sahen nur auf die Erde vor ihren Füßen, als hätten sie niemals nach oben geblickt und wüssten nicht, dass es den Himmel gibt und die Sonne und Sterne. Und von wandernden Wolken wussten sie auch nichts.
Während Iwein den Burgweg entlang nach oben ritt und sich freundlich nach links und rechts verneigte und freundlich grüßte und immer wieder von vorne sagte: »Guten Abend die Damen, guten Abend die Herren!«, sagten die Damen und Herren gar nichts, sondern sahen weiter schweigend zu Boden, als hätten sie nichts gehört und nichts gesehen.
Ihn nicht und seine Begleiterin nicht und auch nicht den König

der Tiere, dessen Mähne schöner als jede Krone in der Abendsonne leuchtete.
Oben am Tor, das zum Burghof führte, hielt Iwein sein Pferd an, sprang ab und klopfte.
Gleich wurde das schwere Burgtor geöffnet, und im geöffneten Tor stand ein Mann, der trug einen langen grauen Mantel, und genauso grau war auch sein Gesicht. In der Hand trug er eine lange Peitsche.
»Was willst du?«, fragte der Mann mit der Peitsche.
»Ich suche ein Quartier für die Nacht«, sagte Iwein. »Für die Dame, für meinen König und mich.«
Da lachte der Mann und ließ seine Peitsche laut knallend auf das Hofpflaster sausen. Und er rief:
»Lieber Ritter, nichts leichter als das, der Burgherr erwartet dich schon seit Langem!«
Da wunderte sich Iwein, denn er kannte weder den Burgherrn noch seine Burg und verstand nicht, warum er erwartet wurde. Aber da sie nun einmal drinnen waren, folgte er dem Mann mit der Peitsche, der führte sie in einen großen Saal.
In diesem Saal stand ein großer Tisch, darauf standen lauter dampfende Schüsseln. Und neben den Schüsseln standen goldene Teller. Und neben den Tellern lag Silberbesteck, und daneben lagen Servietten aus Samt.
Neben den Servietten aus Samt standen große Becher, in denen war schimmernder roter Wein, der roch wie der Wein von vor tausend Jahren.

›Das ist ja fast so festlich wie zu Hause bei Artus‹, dachte Iwein, ›wer wohl der Herr dieser Burg ist?‹

»Setzt euch, greift zu, und lasst es euch schmecken!«, sagte der graue Mann mit der Peitsche. »Ich sage inzwischen dem Burgherrn Bescheid, damit er weiß, dass ihr da seid. Vielleicht möchte er euch später Gesellschaft leisten.«

Als er das sagte, lachte er leise und ließ noch einmal die Peitsche knallen. Und lachend verschwand er.

15.
Die gefangenen Frauen

ERST ALS ER DIESES SELTSAME LACHEN HÖRTE, begriff Iwein, was ihr alle längst wisst, nämlich dass er in einer Falle saß.

Hunger und Durst waren ihm plötzlich vergangen. Er gab dem König der Tiere Wasser zu trinken und der jüngeren Schwester ein Glas Wein. Aber er selbst dachte nicht mehr an Essen und Trinken, sondern ging ruhelos zwischen Tisch und Tür auf und ab.

Als er die Tür zu öffnen versuchte, merkte er, dass sie verschlossen war.

An der hinteren Seite des prächtigen Saals gab es noch eine zweite Tür, durch die der Mann mit der Peitsche verschwunden war, die war gleichfalls fest verschlossen.

Jetzt seht ihr, was für eine Falle das war.

Aber neben der Tür war ein kleines Fenster. Und als Iwein sein Gesicht gegen die Scheibe drückte, sah er hinter dem Fenster einen zweiten Saal.

Dieser Saal war so groß wie der erste Saal. Aber dort standen keine gedeckten Tische mit dampfenden Schüsseln und Gläsern voller Wein, sondern da saßen in langen Reihen auf kleinen niedrigen Hockern vor langen hölzernen Tischen lauter Frauen, die alle damit beschäftigt waren, festliche schwere Gewänder zu nähen.

Für wen nähten sie diese Gewänder? Und warum waren die Frauen alle so blass und so mager? Und warum waren ihre Gesichter so grau, als hätten sie niemals die Sonne gesehen und keine einzige wandernde Wolke?

Ich kann euch sagen, warum das so war. Diese Frauen waren nicht freiwillig da, sie waren alle gefangen. Sie waren Gefangene des Burgherrn. Für ihn mussten sie Tag und Nacht arbeiten. Tag und Nacht mussten sie Gewänder nähen.

Die einen schnitten die Stoffe zurecht, die anderen nähten daraus die Gewänder, wieder andere setzten die Knöpfe an oder nähten passende Schleifen und Bänder oder Krägen aus Pelz, die sie später an die Gewänder setzten.

Wenn die Gewänder dann fertig waren, wurden sie gründlich gewaschen. Danach hängten sie sie zum Trocknen auf lange Leinen, die von der einen Ecke des Saals in die andere liefen.

Und weil die Frauen tüchtig und fleißig waren, waren das wirklich sehr schöne Gewänder in lauter herrlichen leuchtenden Farben, wie sie nur Ritter und Burgfrauen und Könige tragen. Da waren blaue und grüne und gelbe und rote, rot wie der rote Mantel Laudines und blau wie die blauen Bänder der Sieger am Hof von König Artus beim Turnier.

Und wenn die Gewänder getrocknet waren, wurden sie gebürstet, gebügelt und gefaltet und danach in große Kisten gepackt.
An der hinteren Wand des großen Saals standen in Stapeln bis an die Decke hinauf Kisten an Kisten voller Gewänder. Und irgendwann wurden sie abgeholt und in ein anderes Land gebracht und verkauft.
Jetzt wisst ihr, was in den Kisten war, mit denen der Hofmeister draußen vor der Burg beschäftigt war.
Aber die Burgherren, Burgfrauen, Könige und Ritter, die die Gewänder in den Kisten kauften, wussten wahrscheinlich nichts von denen, die die Gewänder für sie genäht hatten. Denn niemand von ihnen war jemals zu Gast in der Burg zum Schlimmen Abenteuer gewesen. Und keiner von ihnen hatte jemals gesehen, was Iwein jetzt sah, als er hinter dem kleinen Fenster stand.
Als er da stand und das alles sah, begriff er auf einmal, warum der Tisch, vor dem er stand, so prächtig und gut gedeckt war und woher die goldenen Becher und Schüsseln kamen und das Silberbesteck.
Der fremde Burgherr war nämlich sehr reich geworden durch die Arbeit der gefangenen Frauen.
Aber die sahen von diesem Reichtum nichts. Denn sie selbst trugen keine leuchtenden Kleider. Ihre Kleider waren keine Kleider, sondern Säcke. An den Füßen trugen sie keine Schuhe, sie waren barfuß.
Und auf den Köpfen trugen sie Tücher, um darunter ihr Haar

zu verstecken, das so stumpf und glanzlos war wie ihre Gesichter, weil sie niemals die Sonne sahen.

Aus goldenen Bechern tranken sie auch nicht und auch keinen Wein, sondern nur Wasser. Zu essen bekamen sie so gut wie gar nichts, nur hin und wieder ein Stück Brot.

Aber das Schlimmste von allem war die Stille, die über allem lag. Denn das war keine friedliche Stille, sondern eine grausame schwere Stille aus Blei.

Egal, wie sehr ihr die Ohren auch aufsperrt, da ist überhaupt nichts zu hören. Nichts als das fleißige Klappern der Scheren. Ansonsten ist es dort totenstill.

Denn die Frauen sprachen nicht und lachten nicht, sie sangen auch nicht, wie man das manchmal beim Arbeiten tut. Sie erzählten sich auch keine Geschichten. Sie waren alle vollkommen stumm, als hätten sie keine Zunge im Mund und kein Herz in der Brust.

Jetzt fragt ihr euch, wie sie da arbeiten konnten? Das fragte sich Iwein auch, während er dort am Fenster stand.

Und je länger er die Frauen betrachtete, die hinter dem Fenster saßen und nähten, desto schwerer wurde sein Herz.

16.
Das Rasthaus zur letzten Nacht

SO STAND IWEIN IN DEM SAAL bei dem kleinen Fenster und konnte seinen Blick nicht von den nähenden Frauen wenden. Denn in seiner Brust schlug das Herz Laudines, das Herz einer Frau. Und in seiner Erinnerung sah er sie plötzlich wieder in ihrem roten Mantel am Burgtor der Burg vom Land Nebenan stehen und winken.

Da war ihm auf einmal, als könnte er ihre Stimme hören und als würde sie sagen:

›Iwein, wenn du mich wirklich liebst, dann musst du diese Frauen befreien.‹

Und dann hörte er seine eigene Stimme, die antwortete:

›Ich werde diese Frauen befreien, und sollte es mich mein Leben kosten.‹

In diesem Moment sprang in dem Saal hinter dem Fenster die hintere Tür auf, und Iwein erblickte den Mann mit dem grauen Mantel, der drohend zwischen die Tische trat und dabei laut mit der Peitsche knallte und rief:

»Wehe, wehe, was ich hier sehe! Wieso geht diese Arbeit so

langsam voran! Wollt ihr euch so euer Brot verdienen? Was wird der Burgherr wohl dazu sagen, wenn ich ihm eure Faulheit berichte! So verdient niemand sein Brot. Berge von Stoff und keine Gewänder. Morgen früh bin ich wieder da. Wenn dann nicht der letzte Ballen vernäht ist, wird es euch an den Kragen gehen, das ist versprochen. Bis dahin kein Wasser und auch kein Brot!«

Dann knallte er wieder mit der Peitsche und schlug die Tür zu. Und die Frauen neigten die Köpfe noch tiefer über die Arbeit und über die Tische und klapperten noch schneller mit den Scheren, die sie in ihren mageren Händen hielten.

Aber Iwein sah ganz genau, dass sie vollkommen verzweifelt waren, denn schneller konnten sie beim besten Willen nicht schneidern.

Die Nadeln zitterten zwischen ihren Fingern, und sie wischten sich heimlich über die Augen, weil Tränen aus ihren Augen schossen und auf die kostbaren Stoffe tropften.

Wie gerne hätten sie laut geweint, aber das wagten sie nicht.

Da sprang hinter ihm die Tür zum Festsaal auf, und der Mann mit der Peitsche trat neben Iwein an das kleine Fenster, legte ihm eine Hand auf den Rücken und sagte:

»Lieber Ritter, genug gegessen, genug getrunken, genug geschaut und genug gesehen! Jetzt weißt du, wer unsere Tische deckt und bei wem du dich zu bedanken hast.«

»Wer auch immer das ist, bei dem ich mich zu bedanken habe«, sagte Iwein, »ich werde mich erst bei ihm bedanken, wenn ich ihn vor mir am Boden sehe. Denn wer immer ein solches Elend duldet und solche Qual, der ist bei Gott kein guter Mann. Und deshalb soll er mich kennenlernen. Ich werde nämlich die Frauen befreien.«

Da lachte der Mann mit der Peitsche so laut und ein so hässliches Lachen, dass es Iwein in alle Glieder fuhr. Der König der Tiere begann zu knurren, und die jüngere Schwester, die noch immer am Tisch saß, fing an zu frieren.

Immer noch lachend sagte der Mann mit der Peitsche:

»Lieber Ritter, ich bin ehrlich gerührt, du bist wirklich ein guter Mann, du hältst dich für mutig und wahrscheinlich für stark dazu. Aber lass dir auch sagen, du bist nicht der Erste, der an unserem Tisch zu Gast ist und der einen Blick durch das Fenster dort warf und danach eine dicke Lippe riskierte und von Ruhm und Ehre gefaselt hat und davon, die ganze Welt zu erlösen. Aber bevor du dich an diese Arbeit machst, solltest du wissen, wo du bist. Dies ist die Burg zum Schlimmen Abenteuer. Manche nennen sie auch die Burg ohne Rückkehr, und wenn mein Herr gute Laune hat, nennt er sie das Rasthaus zur letzten Nacht. Wenn du weiß, was ich meine.«

Da schob Iwein die schwere Hand des Mannes von seiner Schulter, sah ihm mitten ins Gesicht und sagte:

»Peitschenmann, ich weiß, was du meinst. Nur interessiert deine Meinung mich nicht. Spiel ist Spiel, Ernst ist Ernst. Also steck deine Scherze zurück in die Tasche, ich suche schon lange kein Bett für die Nacht mehr. Gib mein Bett dieser Dame

und meinem König ein Lager. Und dann führ mich zu deinem Herrn, damit ich ihn endlich erschlagen kann.«
Da ließ der Peitschenmann seine Peitsche knallen und sah Iwein mit einem Blick an, der so voller Bosheit und Grausamkeit war, dass der König der Tiere noch lauter knurrte.
Und der jüngeren Schwester wurde eiskalt, als sie hörte, wie er sagte:
»Für diese Nacht noch ein Bett für die Dame, ab morgen schläft sie im Saal nebenan. Für alle Gäste dieselben Rechte. Und was deinen haarigen König betrifft, der kann seine ungekämmte Krone zu den Hunden da auf die Schwelle legen. Was deinen dritten Wunsch betrifft, den kann ich dir leider nicht erfüllen.«
Aber Iwein nahm seinen Blick nicht vom Gesicht des Peitschenmannes und wich keinen einzigen Schritt zurück, als er mit lauter Stimme sagte:
»Peitschenmann, hast du keine Ohren? Oder hast du keinen Verstand? Das ist kein Wunsch, sondern ein Befehl. Führ mich zu deinem Herrn, damit ich ihn endlich erschlagen kann.«
Da wurde die Stimme des Mannes mit der Peitsche auf einmal sehr leise und sehr gefährlich und scharf wie ein Messer, und er sagte:
»Armseliger Gast. Für wen hältst du dich? Hast du denn immer noch nichts begriffen? Weißt du nicht, wer mein Herr ist? Wüsstest du, wer mein hoher Herr ist, dann wüsstest du auch, wie beschäftigt er ist und dass ihn kein Mensch jemals sehen

wird, denn er ist überall und nirgends zugleich und verschwendet seine Zeit nicht mit Kämpfen. Der braucht seine Zeit, um Befehle zu geben. Der macht sich niemals die Hände schmutzig. Andere sind es, die für ihn kämpfen, und gegen die kannst du niemals gewinnen. Denn sie sind einer und zwei zugleich.«
Und während er sprach, knallte er zweimal mit der Peitsche und stieß dabei zwei spitze Schreie aus.
Und die Tür zum Festsaal springt auf.

17.
Der doppelte Ritter

DA IN DER TÜR STEHT DER DOPPELTE RITTER!
Das ist der oberste Knecht des obersten Burgherrn der Burg ohne Rückkehr. Der, der einer und zwei zugleich ist.
Jetzt wollt ihr wissen, wie so einer aussieht. Aber soll ich euch wirklich beschreiben, welchen furchtbaren Feind Iwein da vor sich hatte? Seid ihr sicher, dass ihr seinen Anblick ertragt?
Reicht es nicht, wenn ich stattdessen erzähle, dass die jüngere Schwester vor Angst von der Bank in eine Ohnmacht fiel? Und dass selbst der Mann mit der Peitsche unter seinem grauen Mantel zu zittern begann? Und dass hinter dem Fenster der Mond unterging, obwohl er eben erst aufgegangen war?
Ich kann euch sagen, woher diese Angst kommt und woher diese kalte Finsternis. Verglichen mit dem doppelten Ritter ist der Riese Harpin nämlich nichts als ein Zwerg und der Immerwalddrache nichts als ein Wurm.
Aber es ist nicht die Größe, nicht die Kraft, nicht sein Atem und auch nicht das Schwert des doppelten Ritters, was ihn so entsetzlich und so gefährlich macht. Es ist sein Gesicht!

Denn der doppelte Ritter hat zwei Gesichter.
Das eine sieht aus wie ein Menschengesicht an seinen allerherzlichsten Tagen. Es lacht und spricht lauter freundliche Worte. Hinter seiner Stirn sitzt kein böser Gedanke. Und über der Stirn sitzt ein weißer Helm, weiß wie Sahne oder frischer Schnee oder wie die Hände der Herrin mit den weißen Händen, falls ihr euch noch an die Hände erinnert.
Das andere Gesicht aber ist eine Fratze, in der zwei eiskalte Augen sitzen, für deren Farbe es keinen Namen gibt, weil sie gar keine Farbe haben. Sie sind farblos und leer wie zwei kalte Lichter auf einer gottverlassenen Straße.
Jeder, der in diese Augen blickt, muss geblendet die eigenen Augen schließen. Und das Blut gefriert in sämtlichen Adern.
Denn zwischen Nase und Kinn sitzt ein Mund ohne Lippen, aus dem es unaufhörlich schreit oder brüllt, als wohnten im Rachen des Ritters bündelweise Ungeheuer.
Und über der Stirn dieser Fratzenmaske sitzt wie ein sternloser Himmel ein schwerer Helm, der ist schwarz wie der Helm des Herrn mit den schwarzen Händen, falls ihr euch noch an den erinnert.
Jetzt wisst ihr, wer der doppelte Ritter ist, und ich will euch auch sagen, wie er kämpft.
Er kämpft nur zum Schein mit Fäusten und Schwertern, denn in Wahrheit kämpft er mit einer ganz anderen Kraft. Das ist die Kraft der Verwirrung und der Verwechslung.
Wer immer gegen ihn antritt, niemals weiß er, gegen wen er

da kämpft. Er muss nämlich gegen beide kämpfen, gegen den weißen Freund und den schwarzen Feind, gegen den, der einer und zwei zugleich ist.
Und wie schnell der doppelte Ritter ist! Er ist schnell und geschmeidig wie eine Schlange. Er wechselt die beiden Gesichter so rasch und mit den Gesichtern die beiden Helme, dass man nie genau weiß, was man sieht, und niemals weiß, wen man vor sich hat. Ist es der Gute oder der Böse, ist es der Richtige oder der Falsche, ist es der Freund, oder ist es der Feind?
Denn wer entschlossen sein Schwert auf die Fratze richtet, um den hässlichen Mund zu zerschlagen, damit endlich das Gebrüll unten im Rachen verstummt, blickt plötzlich auf einen lachenden Mund mit zwei freundlichen Lippen. Lässt er das Schwert aber sinken, sieht er plötzlich wieder die kalten Augen, aus denen tödliche Blitze schießen.
So kämpft der doppelte Ritter, dem Iwein sich jetzt gegenübersah.
Unter dem Tisch lag die jüngere Schwester, und in der Ecke stand der Peitschenmann und hielt sich an seinem Peitschenknauf fest. Woran ihr euch festhalten könnt, weiß ich nicht, aber haltet euch fest, und lasst nicht los!
Denn jetzt kommt der Kampf gegen die große Verwirrung. Das ist der schwerste Kampf von allen.

18.
Der Kampf gegen den doppelten Ritter

ABER DA WAR NOCH EINER MIT IM SAAL, ihr wisst, wen ich meine.

Der doppelte Ritter wusste das auch. Kaum hatte er den Saal betreten, sah er den König der Tiere, der hinten bei der Tür auf der Schwelle stand.

Sein Fell leuchtete in der Dunkelheit, seine Mähne schimmerte wie eine Krone, und seine Augen blickten ruhig und furchtlos in beide Gesichter des doppelten Ritters. In beide zugleich.

Denn was ein richtiger König ist, der kümmert sich nicht um das Zweite Gesicht, der zieht es vor, nach der Nase zu gehen.

Und seine Nase hatte den Ritter erkannt und wusste genau, wer da vor ihm stand.

Der doppelte Ritter wandte sich an Iwein und sagte mit leiser Stimme:

»Lieber Ritter, was soll dieser Löwe da hinten bei der Tür auf der Schwelle? Löwen haben hier nichts zu suchen, das weißt du so gut wie ich. Wir kämpfen zu zweit, nicht zu dritt. So will es die ewige Regel der Burg. Und so will es der Burgherr.«

»Deine Regel gegen meine Regel!«, erwiderte Iwein. »Mein König und ich, wir kämpfen immer zusammen, wir sind Gefährten von Anfang bis Ende, nichts und niemand kann uns trennen. Nicht du, nicht dein Burgherr und auch nicht der Tod. Du bist zwar einer und zwei zugleich, aber wir sind zwei und zugleich doch nur einer. Wenn du meine Worte begreifst, dann verstehst du sofort, wie die Sache liegt. Denn in Wahrheit liegt sie ja umgekehrt: Ich kämpfe zu zweit, und du kämpfst allein.«

»Nicht der Gast kennt die Regeln, sondern der Burgherr«, sagte der doppelte Ritter. Und ohne die Stimme zu erheben, gab er dem Mann mit der Peitsche ein Zeichen und sagte:

»Bring das Tier hin, wo es hingehört.«

Der Mann mit der Peitsche griff nach der Peitsche, machte die Tür zum Burghof auf und trieb den Löwen mit schweren Schlägen nach draußen. Dann schlug er die Tür zu und verriegelte sie von innen her doppelt und dreifach.

Als er die Tür so verriegelt sah, griff der doppelte Ritter nach seinem Schwert. Und Iwein griff nach dem Immerschwert. Sie begannen zu kämpfen.

Ich mache es kurz, denn niemand kann diesen Kampf beschreiben. Nur so viel ist sicher: Das hier ist Iweins schrecklichster Kampf, weil er nicht wusste, gegen wen er kämpfte, gegen den schwarzen Helm oder den weißen.

Sah er den schwarzen Helm, wurde er stark und schlug zu, sodass die Steine zu zittern begannen. Aber wenn er plötzlich den

weißen Helm sah, wurde das Schwert in seiner Faust schüchtern und ängstlich, denn es kam ihm vor, als stünde er vor einem Spiegel und müsste sich selbst den Helm zerschlagen und träfe damit sein eigenes Herz. Er fürchtete sich, wie er sich nie zuvor in seinem Leben gefürchtet hatte.
Und weil die Angst mehr Kraft verbraucht als das Kämpfen, wurde Iwein beim Kämpfen langsam und schwach und ging in die Knie.
Das sah der doppelte Ritter genau, und er freute sich und schlug noch kräftiger zu.

19.
Der König der Tiere entscheidet den Kampf

BIS ZUR VERZWEIFLUNG KÄMPFTE IWEIN und wusste nicht, gegen wen.

Aber draußen stand der König der Tiere und hielt Augen und Ohren offen. Zwar hatte der Peitschenmann ihn vertrieben und ihm den Weg nach drinnen versperrt. Aber sein Wille, sein Mut und seine Treue waren drinnen wie draußen dieselben. Er hatte längst einen Plan und wurde nicht müde, unter der Schwelle in der Erde zu graben.

Während er grub, hörte er das Schreien und Brüllen der Ungeheuer, die im Rachen des doppelten Ritters wohnten. Er hörte das Sausen und Klirren der Schwerter, dann wieder die süßesten freundlichsten Worte, dann wieder Schreien, Stechen und Hauen. Er hörte, dass sein Ritter in Not war.

Und jetzt folgt eine entsetzliche Stille. Und in die Stille hinein ein Weinen. Das muss das Weinen der Frauen sein, die nicht mehr an ihren Gewändern nähen, weil sie sich längst erhoben haben und sich hinter dem kleinen Fenster drängen, um den schrecklichen Kampf zu verfolgen.

Denn genau wie der tapfere König der Tiere, hatten auch die Frauen die Hoffnung nicht aufgegeben, dass einer sie doch noch retten könnte. Und nichts ist schrecklicher als eine große Stille, von der man nicht weiß, was in ihr geschieht. Ob einer noch lebt, oder ob er schon stirbt.

Aber je größer die Stille, desto größer ist auch die Hoffnung, dass eine Rettung noch möglich ist. Denn gerade als das Weinen der Frauen verstummte und wirklich nichts mehr zu hören war, auch nicht die Peitsche des Peitschenmannes, hatte der König der Tiere sein Werk vollbracht und sich unter der Schwelle hindurchgegraben.

Wer zögert, verliert, wer durchhält, gewinnt! Jetzt ist der König der Tiere drinnen!

Dort lag Iwein am Boden. Und der doppelte Ritter hob sein Schwert und holte zum allerletzten Schlag aus, um Iwein für immer zu erschlagen. Ihr hört das scharfe Zischen des Schwertes und den keuchenden Atem des Peitschenmanns, der lauernd in seiner Ecke steht.

Schaut sie euch an, den Mann mit der Peitsche und seinen doppelten Ritter, und prägt euch ihre Gesichter ein, die kalt und grau sind wie die Asche, die das Feuer zurücklässt, weil ein Sieg, der nicht ehrlich erfochten ist, keine warme Freude bereitet.

Aber von Sieg ist ja noch gar keine Rede!

Denn bevor das Schwert des doppelten Ritters traf, was es treffen sollte, nämlich Iweins Nacken, war der König der Tiere

gesprungen. Mit einem einzigen Satz fuhr er dem doppelten Ritter ins Schwert und riss ihn für immer zu Boden.
Und mit einem einzigen Hieb zerriss der König der Tiere den doppelten Ritter von oben bis unten in zwei Hälften. Aus den am Boden liegenden Hälften stiegen tausend Ungeheuer hinaus in den Morgen.
Denn die Sonne ging auf. Und Iwein stand auf, klopfte sich den Staub und den Schmerz von den Knien und öffnete alle Türen und Fenster so weit, dass alle Ungeheuer entkommen konnten, hinaus in die Freiheit.
Dann öffnete Iwein die Tür zum Saal nebenan, in dem die nähenden Frauen saßen. Lachend warfen sie ihre Scheren und Nadeln auf die langen Tische und rissen sich die Tücher von den Köpfen.
Und Iwein sagte:
»Geht hin, wo ihr herkommt, ihr seid frei!«
Die Frauen konnten ihr Glück gar nicht fassen. Aber bevor sie dahin gingen, wo sie hergekommen waren, schenkten sie Iwein einen Mantel, der rot wie der Mantel Laudines war.

20.
Die Rückkehr an den Hof von Artus

DA ERWACHTE DIE JÜNGERE SCHWESTER und rief:
»In was für einem schrecklichen Traum bin ich gewesen! Ich habe drei Ritter kämpfen sehen! Der eine war weiß, der andere schwarzweiß, und der Dritte kam in Gestalt eines Löwen, und wäre der zum Schluss nicht gekommen, dann wäre ich gar nicht mehr aufgewacht.«

»Du hast nicht geträumt, sondern alles gesehen«, sagte Iwein und zog sie unter dem Tisch hervor.

»Aber jetzt steh auf und steig auf dein Pferd, die Zeit fliegt davon. Wir werden noch ganz woanders erwartet!«

Und zum Peitschenmann sagte er:

»Peitschenmann, nimm deine Peitsche und vergrabe sie an der Schwelle zur Burg. Dein Herr braucht dich nicht mehr.«

Der Peitschenmann nahm seine Peitsche, vergrub sie unter der Schwelle der Burg zum Schlimmen Abenteuer und sagte zu Iwein:

»Ritter, ich habe die Peitsche vergraben. Aber was fange ich jetzt an? Nimm mich in deine Dienste.«

Da sagte Iwein:
»Ach, Peitschenmann, so geht das doch nicht. Erst willst du schlagen, dann willst du knien. Aber ich kann dich nicht in meine Dienste nehmen, denn ich habe keinen Dienst zu vergeben. Und mein König braucht keine Diener, seine Mähne bürstet er sich allein. Aber hier auf der Burg ist viel zu tun, und wenn du es nicht tust, wer soll es dann tun?«
Der Peitschenmann sagte:
»Ich fürchte mich vor meinem Herrn. Was sage ich ihm, wenn er wiederkommt?«
Da lachte Iwein, gab dem Peitschenmann zum Abschied die Hand und sagte:
»Fürchte dich nicht, dein Herr kommt nicht wieder!«
Dann ritt er davon. Und neben ihm ritt die jüngere Schwester. An ihrer Seite lief der König der Tiere.
So liefen die drei der Zeit hinterher, die schneller flog als der schnellste Vogel. Die jüngere Schwester machte sich große Sorgen, denn viel Zeit war nicht mehr übrig geblieben, um an den Hof von Artus zurückzukehren und dort gegen den Ritter ihrer älteren Schwester zu kämpfen.
»Fürchte dich nicht!«, sagte Iwein, der ihre Sorgen sah. »Ich verspreche dir, wir kommen rechtzeitig an, die gerechte Sache gewinnt!«
Er hielt Wort. Als am nächsten Morgen die Sonne aufging, konnten sie in der Ferne schon den Hof von König Artus erblicken.

Iweins Herz begann höher zu schlagen. In seiner Erinnerung sah er den runden Tisch und rund um den Tisch herum sämtliche Ritter, von Ritter Eins bis Ritter Eintausend. Er roch den Duft der Braten und verspürte den Durst nach dem Wein von vor tausend Jahren, der besser schmeckt als jeder andere Wein.

Er dachte an prächtige bunte Gewänder, und er stellte sich auch die Königin vor. Wie schön sie war, wenn sie so neben dem König saß. Und er hörte die Stimme von Artus, der fragte:

»Was gibt es Neues?«

Er dachte auch an Keie und fragte sich, ob er immer noch unter dem Tisch lag und schlief.

Aber an einen dachte er ganz besonders, ihr wisst, wen ich meine. Das war Gawein, sein blauer Zwilling, den er damals auf dem Turnierplatz verlassen hatte, um mit seinem Schmerz allein zu sein. Er hatte Sehnsucht nach ihm.

Wie lange das alles her ist! Wie nah es ihm schien und wie fern zugleich. Denn er war nicht mehr der, den sie von früher kannten. Er war ein Löwenritter geworden.

Während er so seinen Gedanken nachhing, ritten sie in den Burghof ein.

Da war schon alles vorbereitet für den großen Kampf der Entscheidung. Der Turnierplatz war gefegt und geschmückt, überall wehten blaue Fahnen, und blaue Zelte leuchteten in der Sonne.

Die Ritter liefen aufgeregt hin und her, und die Damen tru-

gen ihre schönsten Kleider. Alle wollten die besten Plätze, jeder wollte ganz vorne sitzen, um nichts von dem großen Kampf zu verpassen.
Zum großen Kampf fehlten nur noch die Kämpfer.
An der Stirnseite des Platzes saß auf einer hohen Tribüne wie auf einem Balkon König Artus. Neben ihm saß Ginevra.
Und neben Ginevra saß die ältere Schwester und dachte, sie hätte schon alles gewonnen, denn sie hatte ja ihren Ritter dabei, dessen Namen sie zwar nicht kannte, von dem sie aber glaubte, dass er der Beste der Besten sei.
Nur ihre Schwester war nirgends zu sehen und auch kein Ritter, der für sie kämpfen würde.
Aber da hörte man plötzlich eine Stimme, die rief laut und deutlich:
»Liebe Schwester, da bin ich! Und seid mir gegrüßt, lieber König und liebe Königin! Dies ist der siebte Tag von sieben, und ich bin nicht allein gekommen. Da vorne beim Tor steht ein echter Ritter, der möchte für meine Sache kämpfen!«
Da erhob sich König Artus von seinem blauen Stuhl. Er trug einen prächtigen blauen Mantel mit einem Kragen aus Gold. Er hob seine Hand, winkte die Schwester zu sich heran und sagte:
»Willkommen, jüngere Schwester! Komm herauf zu mir, und nimm neben mir Platz, damit wir gemeinsam den Kampf verfolgen, bis der Beste gewinnt.«

21.
Der Zweikampf

UND JETZT MACHT EUCH BEREIT für den größten Kampf, den zwei Ritter je gegeneinander schlugen.
Und vergesst nicht, dass außer uns keiner weiß, wer die beiden Kämpfenden sind. Auch nicht der König in der ersten Reihe. Und die Kämpfer selbst wissen es auch nicht.
Aber ihr wisst es, und ich weiß es auch, und was ich weiß, macht mich traurig. Denn was wird geschehen, wenn einer den anderen gleich erschlägt, und wenn der, der am Leben bleibt, nachher erfährt, dass er keinen Feind, sondern seinen Freund erschlug und zwar den allerliebsten von allen?
Aber für solche Gedanken ist jetzt keine Zeit. Ein Trompeter in einer blauen Jacke blast in die goldene Kampftrompete. Und schon sprengen die beiden Ritter herbei und beziehen Stellung.
Ritter Gawein links und Ritter Iwein rechts.
Weil er unerkannt bleiben wollte, trug Gawein nicht wie sonst seine blaue Rüstung, sondern eine grüne. Denn Grün ist die Farbe der Hoffnung.

Und Iwein trug immer noch die weiße Rüstung, die er trägt, seit er zu Gast auf der weißen Burg war.
So stehn sie jetzt da.
Wie schön sie sind! Wie ihre Rüstungen in der Sonne leuchten! Und wie aufgeregt das Publikum ist. Ein Flüstern und Raunen geht durch die Reihen.
Die Gesichter der beiden Schwestern sind ernst, und zwischen den Händen drehen sie Taschentücher, weil ihre Hände schweißnass vor Aufregung sind. Denn jetzt geht es ums Ganze.
Da hebt König Artus ernst und feierlich seine Hand und ruft: »Bringt ihnen die Lanzen!«
Zwei eilige Knappen laufen los und bringen die Lanzen, die lang und schwer und gefährlich sind. Eine für Iwein und eine für Gawein. Die schieben die Ritter sich unter die Achseln.
König Artus gibt wieder ein Zeichen.
Visiere nach unten! Den Pferden die Sporen! Zweimal ein lauter Schrei in die Luft.
Und der Kampfplatz erbebt unter dem doppelten Galopp von zwei prächtigen Pferden. Die wirbeln Staub auf unter den Hufen, sodass man vor lauter Staub nichts mehr sieht.
Sie stürmen nach vorn in die Mitte des Platzes, wo die Ritter jetzt aufeinandertreffen. Die Schilde hoch und nach vorn vor die Brust!
Das Splittern und Krachen war entsetzlich, denn die Lanzen zerbrachen beide zugleich und fielen in gleichen Teilen zu Boden.

Da ging ein Rufen und Schreien durch die Reihen, die Damen begannen, laut zu seufzen, und die Schwestern drehten ihre Taschentücher zwischen den Händen.
König Artus hob seine Hand und sorgte für Ruhe. Dann rief er: »Bringt frische Lanzen!«
Wieder liefen die Knappen los und schleppten zwei frische Lanzen heran, die waren noch länger und schwerer als die ersten.
Und wieder stürmten die beiden Ritter aufeinander los, bis nach vorn in die Mitte des Platzes. Und wieder zerschlugen sie ihre Lanzen, einer auf dem Schild des anderen. Krachend fielen die Lanzen zu Boden.
Aber beide Ritter saßen ganz fest im Sattel, keiner schwankte oder wankte.
Der König rief wieder nach frischen Lanzen.
Das Ganze von vorn. Sporen, Galopp, zwei Schreie, Staub und zwei heftige Schläge, und zwei Lanzen, die krachend zu Boden gehen.
Und wieder von vorn. Ein viertes Mal Anlauf und Schlagen und Krachen und die Hand des Königs und frische Lanzen und Anlauf und Schlagen und Krachen und Splittern und frische Lanzen und wieder von vorn.
Zählt ihr noch mit? Wenn ihr mich fragt, ich komme schon ganz durcheinander. Aber die beiden Schwestern zählten sehr genau mit. Sie zählten jede Lanze einzeln und drehten die Taschentücher heftig zwischen den Händen.

Die Zuschauer schrien und winkten und erhoben sich jetzt von ihren Plätzen, um den Kampf noch besser zu verfolgen, denn sie wollten nicht das Geringste verpassen.
Die Sonne wanderte tiefer und tiefer, aber keiner der beiden Ritter schwankte oder wankte, weder Gawein noch Iwein. Beide saßen so fest im Sattel, als wären sie eins mit ihren Pferden.
Und alle, die das sahen, sagten:
»Wer hat jemals zwei solche Ritter gesehen? Die kämpfen ja wie die blauen Zwillinge, obwohl sie nicht blau sind, sondern weiß und grün. Wie kann das sein? Aber wahr ist es trotzdem. Sie kämpfen wie zwei und einer zugleich, als wären sie beide der Beste der Besten.«
Die Sonne wanderte tiefer, und der Himmel färbte sich langsam rot, weil es Abend wurde, und immer noch kämpften die Ritter, als hätten sie eben erst angefangen.
Und die das sahen, sagten:
»Wer kann wollen, dass einer von ihnen verliert? Sie sind beide so gut, dass sie beide gewinnen müssen und dass es ein großes Unglück wäre, wenn einer den anderen erschlägt.«
Das hörte der König. Und weil er genau sah, was für herrliche Ritter das waren, und weil es ihm lieber gewesen wäre, mit ihnen am runden Tisch zu sitzen und den Wein von vor tausend Jahren zu trinken, anstatt ihnen weiter beim Kämpfen zuzusehen, wandte er sich an die ältere Schwester und sagte freundlich:
»Wie du siehst, kämpfen beide Männer gleich bestens. Sie

kämpfen, als wären sie ein und derselbe. Wie es aussieht, wird keiner von ihnen gewinnen. Also kann auch keiner verlieren. Warum macht ihr zwei es nicht ebenso, du und deine Schwester. Einigt euch, und macht euren Frieden.«

Aber die ältere Schwester sagte:

»Lieber König. Hier geht es ums Ganze. Bin ich etwa zum Teilen gekommen? Noch ist die Sonne nicht untergegangen. Zeit genug für die Niederlage für den, der die weiße Rüstung trägt.«

Also kämpften Iwein und Gawein weiter. Sie kämpften so lange, dass mir langsam die Luft zum Erzählen ausgeht, weil mir die Sache zu lange dauert.

Auch den Pferden ging langsam die Kraft aus, und so kam es, dass sie unter ihren Rittern erst in die Knie gingen und dann unter ihnen zusammenbrachen.

Da kämpften Iwein und Gawein zu Fuß weiter.

Jetzt nicht mehr mit Lanzen, sondern mit Schwertern. Und weil sie beide ein Immerschwert trugen, setzten sie einander so schrecklich zu und schlugen so heftig aufeinander ein, dass die Zuschauer mit den Füßen stampften und mit den Zähnen knirschten.

Viele der Damen begannen sogar zu weinen, denn sie wünschten keinem von beiden den Tod, sie wollten sie lieber gerettet sehen. Die Tapferkeit der unbekannten Ritter brach ihnen beinahe das Herz.

Auch die jüngere Schwester konnte den Anblick der beiden

Kämpfenden kaum noch ertragen. Also sprang sie auf und rief laut und verzweifelt:
»Schwester, mach dieser Sache ein Ende! Wer kann diesen Kampf noch länger ertragen! Wer immer der Beste der Besten ist, grün oder weiß, das ist mir egal! Nimm die Burg und alle Wiesen und Felder und tausend Pferde und Diener dazu. Ich will nichts davon haben, wenn es das Leben eines dieser Männer hier kostet!«
Da ärgerte sich die ältere Schwester sehr, denn sie wollte unbedingt einen Geschlagenen sehen. Das hatte sie sich in den Kopf gesetzt.
Aber in diesem Moment ging die Sonne unter, und König Artus erhob sich, machte ein Zeichen und rief:
»Ritter, für heute genug gekämpft! Morgen ist schließlich auch noch ein Tag! Jetzt sollt ihr essen und trinken und schlafen. Morgen früh, sobald die Sonne aufgeht, wird sich eure Sache entscheiden.«
Da ließen die beiden Ritter ihre Schwerter in den Sand fallen. Und ein Seufzer der Erleichterung ging durch die Menge.

22.
Das Wiedersehen

WÄHREND DIE MENGE SICH LANGSAM ZERSTREUTE, standen der grüne und der weiße Ritter immer noch in der Mitte des Kampfplatzes und betrachteten einander aus der Ferne. Denn jeder von beiden hatte begriffen, dass der andere stark wie er selbst war und dass er ein guter Ritter sein musste. Womöglich sogar der Beste von allen.

Also machte Iwein zwei Schritte nach vorn, dann machte Gawein zwei Schritte nach vorn. Und so gingen sie weiter, bis sie einander so nah gegenüber standen, dass sich beinahe ihre Stirnen berührten.

Und Iwein sagte:

»Grüner Ritter, wer immer du bist, einem besseren Mann bin ich nie begegnet.«

Und Gawein sagte:

»Ich kann dir einen besseren nennen. Er steht vor mir und trägt eine weiße Rüstung.«

Und Iwein sagte:

»Da täuschst du dich aber. Solange ich lebe, werde ich über

dich keinen Sieg erringen. Um die Wahrheit zu sagen, ich will es auch nicht.«

Und Gawein sagte:

»Das sagst du aus reiner Höflichkeit, weil du der Beste der Besten bist. Um die Wahrheit zu sagen, solange ich lebe, kann auch ich dich niemals besiegen. Und ich will es so wenig wie du!«

Da lachte Iwein und sagte:

»Lieber Ritter, dein Schwert hat mich verschont, willst du mich jetzt mit Höflichkeiten erschlagen?«

Aber Gawein sagte:

»Meine Zunge spricht nur, was mein Herz mir sagt. Und mein Herz sagt mir, dass du der Bessere bist.«

Da wurde Iwein still. Denn Gaweins Worte berührten ihn sehr, und auf einmal fühlte er einen Schmerz. Aber der kam nicht von den Wunden, die ihm Gawein geschlagen hatte, sondern von seiner Sehnsucht.

Und er fragte:

»Grüner Ritter, wer bist du?«

Gawein sagte:

»Sagst du mir, wer du bist, sag ich dir, wer ich bin.«

So standen die beiden da, Stirn an Stirn, und schwiegen. Denn keiner wollte seinen Namen als Erster verraten.

Schließlich sagte Iwein:

»Grüner Ritter, ich mache dir einen Vorschlag. Ich zähle bis drei. Und bei drei heben wir beide unser Visier und zeigen uns unser wahres Gesicht.«

Da war Gawein einverstanden. Iwein zählte laut bis drei. Und bei drei schoben beide ihre Visiere nach oben und sahen einander ins Gesicht.
Iwein sah Gawein.
Und Gawein sah Iwein.
Was dann geschah, ist mit Worten nicht zu beschreiben. Denn als sich die beiden Ritter erkannten, durchfuhr es sie wie zwei Blitze auf einmal. Von oben bis unten.
Der eine war der Blitz reinster Freude, und der andere war der Blitz des Schreckens, der größer nicht hätte sein können. Einen Moment lang standen sie starr und wussten nicht, ob sie lachen oder weinen sollten. Denn in diesem Moment wurde beiden klar, dass sie sich um ein Haar erschlagen hätten, der beste Freund seinen besten Freund.
Dann aber fielen sie einander um den Hals und rissen sich gegenseitig die Helme von den Köpfen, der weiße Ritter dem grünen den grünen und der grüne Ritter dem weißen den weißen.
Dann rissen sie sich gegenseitig die Rüstungen vom Leib, fielen einander in die Arme, küssten sich von oben bis unten und fielen vor lauter Glück in den Staub. Vor lauter Freude rollten sie über- und untereinander durch den Staub wie zwei junge Hunde und konnten ihr Glück nicht fassen.
Und weil das Glück zu groß für sie war, begannen sie zu lachen. Sie lachten und lachten, bis ihnen vor lauter Lachen die Tränen in die Augen schossen. Die Tränen liefen ihnen über die

Gesichter und über die Brust, und um sie herum bildete sich mitten im Staub ein See aus Tränen.

Wenn ihr glaubt, dass die beiden sich dafür schämten, weil sie Ritter und Männer waren, dann täuscht ihr euch. Iwein und Gawein schämten sich kein bisschen. Echtes Glück kennt nämlich keine Scham.

Nachdem sie lange genug gelacht und geweint hatten, standen sie schließlich auf, klopften sich gegenseitig den Staub von den Gliedern, hoben ihre Rüstungen auf und verließen Arm in Arm den Kampfplatz.

Und Iwein sagte:

»Jetzt bringe ich dich zu meinem König.«

Da sagte Gawein:

»Iwein, ich bin todmüde. Kann der König nicht warten?«

»Meinen König kann ich nicht warten lassen«, sagte Iwein. »Ich möchte, dass du ihn kennenlernst und zwar gleich.«

Er führte ihn vor den Kampfplatz hinter den Lanzenschuppen, wo schlafend und träumend der Löwe lag. Er hatte die ganze Zeit geschlafen und sich nicht um den Kampf gekümmert. Er wusste, dass Iwein nicht in Gefahr war und dass er seine Hilfe nicht brauchte.

Denn selbst im Schlaf kann der König der Tiere den Freund vom Feind unterscheiden. Er lässt sich nicht von Rüstungen täuschen, auch nicht von Visieren. Noch bevor ihn irgendeiner erkannte, hatte der König der Tiere Gawein erkannt, obwohl er ihn nie gesehen hatte.

Schließlich ist Gawein kein Immerwalddrache, kein Riese und auch kein Ungeheuer, auch nicht der Herr mit den schwarzen Händen, kein Peitschenmann und kein doppelter Ritter. Er ist einfach ein Ritter aus Fleisch und Blut. Und unter der Rüstung trägt er ein Herz.
Das hatte der König der Tiere gerochen, also hatte er sich schlafen gelegt.
Als Gawein den Löwen da liegen sah, sagte er:
»Dann bist du Iwein der Löwenritter?«
»Der bin ich«, sagte Iwein und lachte. »Und wenn du möchtest, bist du es auch, in seinem Nacken ist Platz für uns beide.«
Und weil sie beide sehr müde waren, legten sie sich neben den Löwen hinter den Schuppen und legten ihre Köpfe in seinen Nacken. Da war wirklich Platz für sie beide, und sie schliefen wie zwei Könige auf ein- und demselben goldenen Kissen.

23.
Frieden

AM NÄCHSTEN MORGEN FRAGTE KÖNIG ARTUS beim Frühstück am runden Tisch:

»Was gibt es Neues? Was hört man von unseren beiden Rittern? Hat man sie essen, trinken und schlafen lassen? Sind sie bereit für die zweite Runde?«

Da erhob sich Keie und sagte:

»Mein König, hier sind die Neuigkeiten. Erstens: Die Ritter schlafen noch. Und zweitens: Die blauen Zwillinge sind zurück!«

»Die blauen Zwillinge sind zurück?«, rief Artus empört. »Wie kann das sein? Wann sind sie gekommen? Und warum hat man mich nicht geweckt? Wo sind sie? Warum sitzen sie nicht mit bei uns am Tisch, wie sich das hier bei Hof gehört?«

Da lachte Keie und sagte:

»Sie sind müde vom Kämpfen und liegen hinter dem Lanzenschuppen. Ein Löwe dient ihnen dabei als Kissen. Und Sie haben ihre Farbe gewechselt. Sie sind nicht mehr blau, sondern grün und weiß.«

Da verstand der König überhaupt nichts mehr. Und die anderen Ritter verstanden auch nichts.
Aber Ginevra, die Königin, verstand die Geschichte sofort und sagte:
»Lasst uns doch einfach zum Schuppen gehen, damit wir die beiden begrüßen können.«
Der König, die Königin und Keie gingen also zum Lanzenschuppen, wo schlafend Iwein und Gawein lagen. Aber als der König hinter den Schuppen trat, wachten sie auf, sprangen auf die Füße, verbeugten sich vor Artus und riefen:
»Lieber König, wir sind wieder da.«
Da erkannte der König seine liebsten Ritter, die beiden Besten der Besten. Er freute sich und war sehr erleichtert und rief:
»Wenn das so ist, dann erkläre ich hiermit, dass der Kampf für immer beendet ist. Wie könnte der Beste gegen den Besten kämpfen. Keie, geh und ruf die beiden Schwestern, damit dieser Streit ein Ende findet.«
Als Keie mit den beiden Schwestern zurückkam, sagte Artus:
»Schwestern, der Kampf ist für immer beendet. Eure Ritter können nicht mehr für euch kämpfen. Denn die Sache ist schief gewickelt. Ihr habt zwei Freunde auf den Kampfplatz geschickt, die zu gut sind, um einander zu besiegen.«
Die jüngere Schwester freute sich über alles. Aber die ältere Schwester hatte immer noch nicht aufgegeben und sagte:
»Das sind keine Freunde, das sind Feiglinge.«
Da richtete sich hinter der Schuppenwand plötzlich der König

der Tiere zu seiner vollen Größe auf und begann laut zu knurren und mit den Pranken zu scharren. Und sein Fell sträubte sich zum Himmel, als wüchsen ihm Stacheln.
Als die ältere Schwester den Löwen sah und sein Fell und die Pranken, und als sie das schreckliche Knurren hörte und sah, wie der Löwe das Maul aufriss und wie seine schrecklichen Zähne erschienen, erschrak sie sehr und wurde so blass, dass sie in Ohnmacht gefallen wäre, wenn Gawein sie nicht aufgefangen hätte.
König Artus sagte:
»Was ich sagen will, sagt dieser König dir besser. Wenn du seine Rede begreifst, weißt du selbst, was zu tun ist.«
Da fiel die ältere Schwester auf die Knie und rief:
»Was immer du willst, werde ich tun, aber nimm diesen furchtbaren Löwen da weg.«
Iwein lachte und sagte:
»Schwester, der Löwe tut dir doch nichts. Er wollte dir nur ein Zeichen geben. Seine Zunge spricht niemals ein böses Wort, und seine Zähne werden dich niemals treffen. Er ist ein freundlicher König, das kannst du mir glauben. Ich kenne ihn länger und besser als du.«
Da stand die ältere Schwester auf, ging zu der jüngeren Schwester hinüber und sagte:
»Kannst du mir verzeihen?«
Die jüngere Schwester sagte:
»Nichts leichter als das.«

Und die Königin sagte:
»Nehmt eure Pferde und reitet nach Hause. Höchste Zeit, sich um eure Burg zu kümmern. Ein Garten, zwei Wiesen, vier Felder, tausend Diener und tausend Pferde. Ihr habt wirklich keine Zeit zu verlieren.«
Keie brachte den beiden Schwestern ihre Pferde, und sie stiegen auf. Zum Abschied schenkte Gawein der älteren Schwester ein grünes Band. Und Iwein schenkte der jüngeren Schwester ein weißes Band. Die flochten die Schwestern in die Mähnen ihrer Pferde.
Aber als man sie winkend davonreiten sah, schienen die Bänder in der Morgensonne blau wie der Morgenhimmel.

24.
Fest und Abschied

UND WEIL ALLE SO GLÜCKLICH WAREN, feierten sie ein großes Fest. Die blauen Zwillinge waren wieder da, die Schwestern hatten Frieden geschlossen, und Keie hat einen herzlichen Tag.

Ihr wisst ja, was für Feste das sind, die man am Hof von Artus feiert. Rollende Fässer und köstliche Braten.

Aber einer saß da mit in der Runde, der wollte glücklich sein und konnte es nicht. Das war Iwein.

Denn so schön es auch war, nach all den Abenteuern endlich wieder zwischen Gawein und der Königin an der Runden Tafel zu sitzen, sein Herz schlug in eine andere Richtung, auch wenn er das niemandem sagen konnte.

Wem hätte er das auch sagen können? Sie hätten ihn sowieso nicht verstanden. Denn für alle, die an der Tafel saßen, gab es keinen schöneren Ort als den Hof von Artus und keine schönere Tafel als die große Runde.

Nur Iwein dachte an ein anderes Land und an eine andere Burg. Und obwohl er neben der schönsten Königin saß, die je ein Auge gesehen hat, dachte er an eine andere Frau. An eine Frau in einem roten Mantel.

Aber das merkte keiner. Keie füllte pausenlos die Becher, dass es nur so auf die Tische spritzte, und so kam es, dass alle betrunken wurden. Nur Iwein trank keinen einzigen Schluck.

Sogar der König wurde betrunken. Am meisten betrunken war aber Gawein. Immer wieder zählte er laut bis drei, und bei jeder Drei schüttete er einen ganzen Becher.

Gegen Mitternacht hatte er so viel getrunken, dass er nicht mehr sitzen konnte. Er fiel langsam zur Seite, sein Kopf fiel schwer gegen Iweins Brust, und schon halb im Traum sagte er leise und mit sehr schwerer Zunge:

»Iwein, mein Freund! Was für ein seltsames Klopfen ist das? Wessen Herz schlägt da in deiner Brust?«

Unter dem Tisch lag Keie und schlief, der König und die Königin waren längst zu Bett gegangen. Und die anderen Ritter waren im Garten und spielten gegen die Damen Schach. Man hörte die Damen leise kichern, denn die Ritter waren so betrunken, dass es vollkommen unmöglich war, gegen sie zu verlieren. So verloren in dieser glücklichen Nacht die Damen nur ihre Höflichkeit.

Zurück am Tisch blieben Iwein und Gawein. Und als Iwein sah, dass Gawein fest eingeschlafen war, hob er Gaweins Kopf von seiner Brust und bettete ihn vorsichtig auf den Tisch.

Dann küsste er Gawein auf den Scheitel, holte sein Pferd aus dem Stall, sprang auf und ritt hinaus in die Nacht.

Neben ihm lief der König der Tiere, dessen Fell im Mondlicht schimmerte wie Gold.
Sie waren die ganze Nacht unterwegs. Im Morgengrauen erreichten sie die Grenze zum Land Nebenan.

25.
Die Rückkehr

KAUM WAREN SIE ÜBER DIE GRENZE GEKOMMEN, begann Iweins Herz schneller zu schlagen, und er gab seinem Pferd die doppelten Sporen.

Im Galopp erreichten sie die bekannte Rodung. Und es wird euch nicht wundern, wenn ich euch sage, dass mitten auf der Rodung immer noch der Mann in Gestalt eines Ungeheuers saß und seine Tiere hütete.

Er hatte sich überhaupt nicht verändert, denn auf der Rodung vergeht die Zeit fast so langsam wie im Immerwald. Nur seine Haare waren gewachsen, er sah noch etwas wilder aus.

Und die Tiere kämpften immer noch gegeneinander und schlugen und bissen mit Zähnen und Klauen aufeinander ein, als hätten sie eben erst angefangen.

Als der Mann in Gestalt eines Ungeheuers Iwein so plötzlich heranstürmen sah und neben Iwein den König der Tiere, stand er auf, hob seine Keule und rief:

»Wer seid ihr? Was wollt ihr?«

Iwein stieg vom Pferd und sagte:

»Ich bin Iwein, und das ist mein König!«
Da fasste der Mann in Gestalt eines Ungeheuers seine Keule noch fester, denn er wusste nicht, ob er ihm trauen sollte.
Er rief laut:
»Ich bin ein Mann und hüte die Tiere. Aber vor deinem König fürchte ich mich, den kann ich nicht hüten. Sag mir, was ihr hier sucht!«
Iwein sagte:
»Mann in Gestalt eines Ungeheuers! Mein König sucht keinen Kampf, er sucht Frieden. Und ich suche mein Herz!«
Da erschien plötzlich ein Lächeln auf dem Gesicht des Mannes in Gestalt eines Ungeheuers. Er streckte seine schmutzige Hand aus und fuhr Iwein damit vorsichtig durchs Gesicht.
»Ich glaube, jetzt weiß ich, wer du bist. Du bist der nackte Mann mit dem Pfeil und dem Bogen und hast für mich Rehe und Hasen gejagt. Aber eines Tages bist du verschwunden. Und das alles ist lange her. Oder war das erst gestern? Wo bist du gewesen?«
Iwein sagte:
»Das ist eine lange Geschichte, die erzähle ich dir ein anderes Mal. Denn ich bin in großer Eile. Aber wenn ich etwas für dich tun kann, dann sag es mir jetzt.«
Da schwieg der Mann in Gestalt eines Ungeheuers und fuhr sich verlegen durch seinen Bart. Schließlich sagte er:
»Ich bin müde vom langen Hüten der Tiere, ich möchte mich endlich schlafen legen.«

»Wenn es weiter nichts ist«, sagte Iwein, »dann kann ich dir helfen. Mein König weiß, wie man Frieden macht. Nimm deine Keule und vergrabe sie unter der Schwelle zu deiner Hütte. Dann kannst du gehen, wohin du willst. Du bist frei.«

Da sah der Mann in Gestalt eines Ungeheuers zu seinem großen Erstaunen, dass die Tiere aufgehört hatten zu kämpfen und dass sie nebeneinander auf der Rodung lagen, als hätten sie nie gekämpft und als wüssten sie überhaupt nichts vom Kämpfen. Vollkommen friedlich lagen sie eines neben dem anderen in der Sonne. Wie Ritter ohne Schwerter.

Und zum ersten Mal in ihrem Leben hatten sie Träume, die nicht schwer waren, sondern leicht und schön.

Der Mann in Gestalt eines Ungeheuers nahm seine Keule, lief zu seiner Hütte hinüber, ging in die Knie und grub mit seinen schlammbedeckten Händen ein tiefes Loch gleich unter der Schwelle.

Dahinein legte er die Keule. Dann stand er auf, schlug sich den Schlamm von den Gliedern und sagte:

»Löwenritter, und du sein König. Ich danke euch, ihr habt mich erlöst. Meine Zeit ist vorbei, jetzt kann ich mich endlich schlafen legen.«

Mit diesen Worten verschwand er im Wald und ließ Iwein und den König der Tiere auf der Rodung zurück.

Wohin er gegangen ist, weiß ich nicht. Sicher nicht weit. Wahrscheinlich hat er sich einfach schlafen gelegt.

Wo auch immer er liegt, sein Schlaf ist tief. Er schläft den tiefsten Schlaf von allen. Das ist der Schlaf von vor tausend Jahren, aus dem bis heute niemand erwacht ist.

26.
Am Brunnen

SO VERLIESS IWEIN ZUSAMMEN mit seinem König die friedliche Rodung der träumenden Tiere und ritt weiter.

Er kannte den Weg. Ihr kennt ihn auch. Denn er hat sich überhaupt nicht verändert. Die Linde riecht man von weitem. Und neben der Linde steht die Kapelle.

Und neben der Kapelle steht immer noch der Brunnen, mit dem jedes Abenteuer beginnt.

Hier beginnen alle Abenteuer, und hier enden sie auch. Aber nur für den Fall, dass einer vorbeikommt, der wirklich den Mut hat, ein letztes Mal den Stein zu begießen.

Als Iwein den Brunnen sah, dachte er bei sich:

›Was immer jetzt kommt, ich will es wagen und muss es wagen! Hier hat es begonnen, hier muss es auch enden. Und wenn es nicht endet, beginnt es von vorn. Und wenn es wirklich von vorn beginnt, dann bin ich der glücklichste Mann der Welt. Nur wenn ich diesen Stein begieße und dafür sorge, dass wieder ein Sturm aufzieht, wird Laudine mich hören und wissen, dass ich wieder da bin und dass ich sie mehr als mein Leben liebe. Was dann passiert, bestimmt sie allein. Sie trägt mein Herz. Sie ist die Herrin vom Land Nebenan.‹

Er zögerte keine Sekunde, sondern griff nach dem Becken, schöpfte damit das Wasser aus dem Brunnen und goss das Wasser auf den schimmernden Stein.

Da erwachte die Gewitterquelle, und die Sonne erlosch auf einen Streich, als hätte Gott selbst das Licht ausgemacht.

Die Vögel verstummten, als wären sie von den Bäumen gefallen, und der Himmel bezog sich mit schweren Wolken. Von allen vier Seiten zog ein Unwetter auf, der Tag wurde Nacht, und über alles legte sich eine Finsternis, die war so schwarz, dass man die Hand nicht vor Augen sah.

Und jetzt beginnen die Blitze zu zucken und reißen wie Schwerter den Himmel auf. Und so gewaltig krachen die Donner, dass alles, was lebt, zu Boden geht.

Auch Iwein geht zu Boden. Nur sein Pferd hebt sich vor Angst auf die Hinterbeine. Aber es kann sich nicht halten und bricht neben seinem Reiter zusammen.

Nur der König der Tiere bricht nicht zusammen, weil er weiß, wie Unwetter sind. Erst kommen die Blitze, dann kommen die Donner. Dann kommt ein Regen, der kein Regen ist, sondern ein Hagel mit Körnern wie Steine, die alles erschlagen, was atmet und lebt.

Alles reißt der Sturm auseinander! Er reißt die Blätter von ihren Zweigen und die Zweige von ihren Bäumen und die Bäume aus ihrer Erde. Und ein Krachen und Splittern geht durch

den Wald, wie von tausend Rittern mit tausend Lanzen, sodass nicht nur der ganze Wald erzittert, sondern auch die Burg vom Land Nebenan.
Der Burgweg springt auf und bekommt tiefe Risse, und die Fallgitter fallen schlagend nach unten. Die Tore beben, und die Burgmauern zittern. Jeder Stein einzeln.
Und oben auf den Türmen gehen die herrlichen roten Fahnen in Fetzen und verschwinden zwischen den schwarzen Wolken.
Drinnen in der Burg aber saß in ihrem roten Mantel die Burgherrin Laudine, und das Herz schlug ihr bis hinauf in den Hals.
Und als sie ihr Herz so schlagen fühlte, dachte sie bei sich: ›Was schlägt da so laut in meiner Brust? Ist das die Angst, oder ist das die Freude? Wie kommt es, dass mein Herz nach beiden Seiten auf einmal ausschlägt? Wie kann ich mich fürchten und freuen zugleich? Was soll ich jetzt tun?‹
So saß Laudine mitten im Sturm.
Aber nach jedem Sturm kommt wieder die Stille. Auf einmal wurde es wieder hell. Die schwarzen Wolken verzogen sich, im Burggarten sangen wieder die Vögel, und Laudines Herz schlug wieder fester.
Aber nicht nur fester, sondern auch wärmer. Denn plötzlich kam es Laudine so vor, als hätte sie jemand gerufen.

27.
Laudine reitet aus

ALSO STAND SIE AUF und ging zur Tür, um zu sehen, ob jemand gekommen war.
Aber außer Lunete war niemand da. Die saß neben dem Burgfenster und spielte Schach.
Da sagte Laudine:
»Hast du die ganze Zeit Schach gespielt?«
Und Lunete sagte:
»Was soll man sonst spielen bei diesem Wetter?«
Und sie schlug das weiße Pferd mit dem schwarzen Pferd.
»Habe ich nicht jemanden rufen hören?«, fragte Laudine.
»Wer soll denn bei diesem Wetter rufen«, sagte Lunete und lachte. »Man hört ja sein eigenes Wort nicht mehr, wenn da unten einer den Stein begießt.«
Und sie schlug den schwarzen König mit der weißen Dame.
Da wurde Laudine noch unruhiger und sagte:
»Mein Herz sagt mir, dass dort unten beim Brunnen jemand wartet. Nur weiß ich nicht, ob er gut oder schlecht ist.«
»Gut oder schlecht? Wie soll man das wissen?«, fragte Lunete.

»Du vertreibst deine Zeit Tag und Nacht mit Schach«, sagte Laudine streng, »und kannst die Weißen von den Schwarzen nicht trennen?«
»Liebe Laudine«, sagte Lunete, »du bist die Herrin vom Land Nebenan. Du bist klug und schön und gerecht. Du bist die Beste der Besten. Und du bist mutig. Denn du trägst in deiner Brust das Herz eines Mannes und fürchtest weder Wetter noch Wind und auch nicht den Guss auf den Brunnen. Aber vom Schachspiel verstehst du wirklich nichts. Schwarz ist nicht schwarz und weiß ist nicht weiß. Es kommt darauf an, wer spielt. Den Gegner muss man erkennen!«
Da wurde Laudine zornig. Aber das kam nicht von Lunetes Rede, sondern von ihrer eigenen Sehnsucht und Ungeduld. Sie rief:
»Das Schachspiel kannst du mir später erklären, ich nehme mein Pferd und reite zum Brunnen.«
»Wenn du dort einen Schlechten findest, dann versteck dich«, sagte Lunete. »Aber wenn du dort einen Guten findest, was wirst du ihm sagen?«
»Was soll ich ihm sagen? Ich lade ihn ein! Er soll mit uns Mittag essen«, sagte Laudine.
»Das wird nicht reichen«, sagte Lunete. »Wenn der Gute wirklich ein Guter ist, wird er von einem Essen nicht satt. Dann muss er eine echte Belohnung haben.«
»Wenn der Gute wirklich ein Guter ist, dann hat er einen Wunsch bei mir frei!«, sagte Laudine.

»Ist das versprochen?«, fragte Lunete.
»Das ist versprochen!«, sagte Laudine.
»Dann Schach dem Bösen, und dem Guten den richtigen Wunsch!«, sagte Lunete.
Da stieg Laudine auf ihr Pferd, gab ihm die Sporen und ritt zum Brunnen. Und der Hufschlag ihres Pferdes war lauter als Donner, sodass man dachte, es käme keine Frau, sondern ein Mann und mit diesem Mann eine ganze Armee.
Ihr roter Mantel flatterte wie eine Fahne im Wind und verriet ihre Ankunft von weitem. Und ihre Stimme war laut wie ein Jagdhorn, als sie rief:
»Unglücklicher Gast, wer hat dich geladen? Was hast du an meinem Brunnen zu suchen? Ich bin die Herrin vom Land Nebenan! Fremde Ritter brauche ich nicht! Wer hat dir erlaubt, meinen Stein zu begießen? Glaubst du, nur weil ich eine Frau bin, wüsste ich nicht, wie man sein Land verteidigt? Du hast dich nicht an die Grenzen gehalten, von meinen Regeln verstehst du nichts. Du hast eigenmächtig das Recht gebrochen und mir sehr großes Leid zugefügt. Also ist zwischen uns Krieg und kein Frieden!«
Als Iwein das hörte, durchfuhr es ihn wie zwei Blitze auf einmal. Von oben bis unten.
Der eine war der Blitz des Schreckens. Der andere war der Blitz der Freude. Denn Iwein erkannte Laudine sofort und sah, dass sie noch viel schöner war als in seiner Erinnerung.
Vor Glück wäre er beinahe in die Knie gegangen. Am liebsten

wäre er ihr entgegengelaufen und hätte vor lauter Freude und Glück ihre Füße unter dem roten Mantel geküsst!
Aber weil er sah, wie zornig sie war und dass sie meinte, was sie sagte, sprang er auf sein Pferd und zog den Sattelgurt enger. Aber nach seinem Schwert griff er nicht.

28.
Der Wunsch

JETZT IST LAUDINE BEIM BRUNNEN ANGEKOMMEN. Und sie stehen einander gegenüber.
Laudine in ihrem roten Mantel.
Iwein in seiner weißen Rüstung.
Mann und Frau.
Auge in Auge.
Pferd an Pferd.
Und zwischen den Pferden steht der König der Tiere.
Laudine sagte:
»Herzlich willkommen, weißer Ritter! So sieht man sich wieder! Als wir uns letztes Mal hier beim Brunnen trafen, unter der Linde bei der Kapelle, hast du die Hofmeisterbrüder erschlagen und meiner Freundin Lunete das Leben gerettet. Wie könnte ich dir das jemals vergessen? Aber warum zeigst du dich heute so feindlich? Warum hast du meinen Brunnen begossen?«
Da sagte Iwein:
»Das hat mein Herz mir geraten!«

Und Laudine fragte:
»Und wer hat dem Herzen dazu geraten?«
Da lachte Iwein und sagte:
»Das waren die Augen!«
»Und wer hat den Augen dazu geraten?«, fragte Laudine.
»Das war deine Schönheit!«, sagte Iwein, »was sonst?«
»Aber du hast mich doch nur einmal gesehen!«, sagte Laudine.
»Meine Augen haben ein gutes Gedächtnis!«, sagte Iwein.
Diese Worte gefielen Laudine sehr, und ihr Herz begann noch schneller zu schlagen. Aber ihr wisst auch, wie stolz sie war. Und weil ihr Stolz mit ihrer Sehnsucht stritt, sagte sie:
»Lieber Ritter! Wie ich sehe, trägst du ein Schwert im Gürtel, warum willst du mich mit Komplimenten erschlagen? Was für Augen hast du im Kopf? Was für ein Herz trägt ein Mann ohne Namen? Was rät so ein Herz? Hast du denn keinen Mund unterm Helm? Verrate mir endlich deinen Namen! Oder bist du ein Feigling?«
Wie gerne hätte Iwein seinen Namen verraten! Denn es ging ihm gegen den Strich und die Ehre, dass sie ihn einen Feigling nannte. Stattdessen sagte er:
»Liebe Burgherrin vom Land Nebenan! Erkennst du dich selbst, dann erkennst du auch mich. Bis dahin bin ich der Löwenritter!«
»Dass du der Löwenritter bist, sehe ich am Löwen!«, sagte Laudine ungeduldig. »Und dein Schwert ist ein Immerschwert, das

sieht man von Weitem. Also bist du ein richtiger Ritter, vielleicht sogar einer der Besten der Besten. Aber ich mag keine Rätsel. Nenn mir deinen richtigen Namen!«

Iwein schwieg. Und weil Laudine die Sehnsucht und die Neugier quälten und ihre Ungeduld unerträglich wurde, sagte sie entschlossen:

»Wenn ich dir einen Wunsch erfülle, ganz gleich, was es ist, wirst du mir dann deinen Namen nennen?«

Daran seht ihr, wie mutig Laudine war. Iwein begriff das sofort.

Und er erschrak zum zweiten Mal, zu gleichen Teilen vor Angst und Glück. Denn wenn er sich wirklich wünschen durfte, wonach sein Herz sich mit aller Kraft sehnte, würde alles ein gutes Ende finden.

Und wenn alles ein gutes Ende findet, dann findet auch diese Geschichte ein Ende. Iwein darf wieder mit Laudine leben und für immer ein richtiger Burgherr sein und für immer den Brunnen bewachen und die Burg und das ganze Land Nebenan.

Aber mitten in seinen Traum vom Glück drängte sich die Erinnerung an eine andere Stimme, die war traurig und sagte:

›Du bist der treulose Ritter Iwein, der schlechte Burgherr vom Land Nebenan, der seine Frau Laudine verraten hat. Du hast dich nicht an die Frist gehalten.‹

Und seine Verzweiflung sagte: ›Und hättest du tausend Wünsche frei, wie könnte Laudine dir jemals verzeihen?‹

Aber seine Hoffnung sagte: ›So oder so. Einen Wunsch hast du frei. Du musst dir nur das Richtige wünschen, damit der Fluch seine Kraft verliert.‹
So stritten die Hoffnung und die Verzweiflung in Iweins Brust. Und während sie stritten, wanderten Iweins Blicke hinauf auf den Berg zu der prächtigen Burg vom Land Nebenan.
Seine Erinnerung und seine Sehnsucht wanderten zusammen vom Burgweg hinauf durch das Tor in den Burggarten und vom Garten über die Terrasse bis in das Innere der Burg.
Drinnen wanderten sie weiter, von Tür zu Tür und von Saal zu Saal, von einem Saal in den nächsten. Bis hin zu einem besonderen Saal, an den ihr euch bestimmt noch erinnert.
Das war der Saal mit dem großen Bett, in dem Iwein und Laudine Herzen getauscht hatten.
Da weckte Laudine Iwein aus seiner Erinnerung und fragte:
»Löwenritter, warum zögerst du? Wer zögert, verliert! Hast du wirklich keinen Wunsch für mich übrig? Weißt du nicht, was du dir wünschen sollst?«
Da sagte Iwein:
»Laudine, ich weiß genau, was ich mir wünsche. Aber ich weiß nicht, ob du es erfüllen kannst.«
Und Laudine sagte:
»Ich habe dir mein Wort gegeben.«
Und Iwein fragte:
»Und wirst du es halten?«
»Ich halte immer mein Wort«, sagte Laudine.

Und Iwein sagte:

»Ich wünsche mir, dass wir Herzen tauschen!«

Da wurde Laudine totenblass. Sogar ihr roter Mantel erblasste.

29.
Wettstreit der Herzen

IHR WISST JA, dass man im Land Nebenan sein Wort niemals bricht.

Also nahm Laudine Iwein fest bei der Hand und führte ihn an der Kapelle vorbei bis unter die Linde. Dort herrschte eine große Stille. Die Welt hielt den Atem an.

Wir auch. Denn wir fürchten uns alle vor dem, was jetzt kommt.

Als Iwein und Laudine nebeneinander unter der Linde saßen, sagte Laudine leise:

»Löwenritter, wer immer du bist und was immer du suchst. Ich werde mein Herz mit dir tauschen. Weil ich es dir versprochen habe, und weil ich mein Wort niemals brechen kann, denn das ist hierzulande so üblich. Aber eins musst du wissen. Wohl ist mir dabei nicht in der Haut. Auch nicht in der Brust. Denn mein Herz ist schon seit langem vergeben. Ich trage ein anderes Herz in der Brust, das ist nicht meins. Aber ich liebe es mehr als mein Leben. Und wenn ich nicht müsste, ich würde nicht tauschen. Nicht bei meinem Leben und nicht bei meinem Tod.«

Als Iwein das hörte, kam es ihm vor, als öffneten sich alle Türen zu allen Sälen in allen Burgen der Welt auf einmal und als ginge die Sonne hundertfach auf. Und er sagte:
»Das geht mir genauso. Auch mein Herz ist vergeben. Selbst mit Gold wiegt es keiner auf.«
»Wenn es mit Gold keiner aufwiegen kann, warum willst du es dann gegen meines tauschen?«, fragte Laudine.
»Ich tausche ja nur Gold gegen Gold«, sagte Iwein. »Denn ich tausche mit der, die alles verdient, weil sie alles gegeben hat und darum das Beste der besten Herzen besitzt!«
Da wurde Laudine noch aufgeregter und rief:
»Löwenritter, um Gottes Willen, was spielst du für Spiele? Warum soll ich in einen Wettstreit treten gegen eine, die alles besitzt und alles verdient, weil sie schon alles gegeben hat? Wie soll ich denn gegen mich selber kämpfen?«
»Hast du das nicht von Lunete gelernt?«, rief Iwein und lachte. »Hättest du auf deine Freundin gehört, dann wüsstest du längst, wo dein Herz heute schlägt. Es sitzt hier neben dir unter der Linde und schlägt mit deinem im selben Takt. Und es schlägt lauter als alle andere Herzen. Denn es ist mutig und stark. Es schlägt warm und fest. Es kämpft wie ein Löwe. Und es sehnt sich nach einem roten Mantel. Das ist das herrliche Herz einer Frau, das keiner gewinnt, weil es keiner verdient!«
Da schoss Laudine das Blut ins Gesicht, und sie rief:
»Löwenritter, du hast mich geschlagen! Schluss mit dem Spiel, nimm endlich deinen Helm herunter, damit ich dir sagen kann,

was ich längst weiß und damit du endlich bist, wer du bist: Du bist Iwein, mein Mann!«

Und Iwein riss sich seinen Helm vom Kopf und warf ihn neben den Stamm der Linde. Dann riss er sich seine Rüstung herunter, warf sie neben den Helm und rief:

»Laudine! Wenn du es sagst, dann will ich es glauben, dann bin ich es wirklich! Ich bin Iwein, dein Mann, der dich liebt. Ich liebe dich mehr als mein Leben! Aber wirst du mir jemals verzeihen können?«

Und was sagt Laudine? Viel kann sie nicht sagen. Denn es hat ihr die Sprache verschlagen.

Aber lange hat sie den Mund nicht gehalten. Denn wie ihr wisst, ist ihr Mund sehr lebendig. Was ihr Mund allerdings wirklich tat, das erzähle ich euch ein anderes Mal. Denn Münder sind nicht nur zum Sprechen da. Vielleicht haben sie sich einfach geküsst.

Laudine Iwein und Iwein Laudine.

Nur so viel ist sicher: Die Herzen ließen sie da, wo sie waren. Iweins Herz in Laudines Brust und Laudines Herz in Iweins Brust. Die schlugen wie zwei Pferde im Doppelgalopp auf dem Weg in die Burg vom Land Nebenan.

30.
Ein König nimmt Abschied

WIE EIN LAUFFEUER VERBREITETE SICH die gute Nachricht überall im Land Nebenan.

»Unser Burgherr ist wieder da!«, riefen die Leute einander zu. Überall hisste man rote Fahnen und deckte die Tische mit roten Tüchern. Und überall wurden Feste gefeiert.

Auch Iwein und Laudine feierten. Laudine trug einen roten Mantel. Nicht den, den ihr kennt, sondern einen, der noch viel prächtiger war. Das war der rote Mantel, den die Frauen in der Burg zum Schlimmen Abenteuer Iwein zum Abschied geschenkt hatten.

Iwein trug eine rote Rüstung, weil er jetzt wieder ein Burgherr war. Und was trug er am Finger? Ihr habt es bestimmt nicht vergessen. Er trug den Ring mit dem roten Stein. Den Ring zum roten Sonntag nach Ostern, den Laudine ihm damals gegeben hatte. Wer ihn trägt, ist für immer glücklich und stark.

Aber wer freute sich über das alles am meisten? Das war Lunete. Ihr Gesicht strahlte, als wäre sie die Schwester der Sonne.

Sie aßen und tranken und feierten die ganze Nacht. Erst viele Stunden nach Mitternacht standen sie auf und legten sich schlafen.
Nur Lunete war noch nicht müde. Sie stand auf, holte ihr Schachbrett, stellte es zwischen die leeren Teller und Gläser und begann, wie immer gegen sich selbst zu spielen.
Und da war noch einer mit im Saal, den ihr auch nicht vergessen habt. Das war der König der Tiere. Er lag unter dem Tisch, und sein Fell hielt Lunete die Füße warm.
Sie spielte die ganze Nacht. Und als am Morgen die Sonne aufging, rief sie laut: »Schach dem König!«
Da erwachte der König der Tiere und erhob sich zu seiner vollen Größe. Zum ersten Mal sah Lunete, wie schön er war. Seine Mähne strahlte in der Morgensonne wie frischgebürstetes Gold.
Der König der Tiere gab Lunete ein Zeichen, und Lunete verstand seine Botschaft sofort, denn die Botschaft war einfach. Der König der Tiere hatte Heimweh. Er sehnte sich nach dem Immerwald.
Also stand sie vom Tisch auf, ging zum Burgtor hinunter und öffnete die schwere Tür.
Als der König der Tiere auf der Schwelle nach draußen stand, küsste Lunete ihm zum Abschied die herrliche Mähne. Und zur Erinnerung band sie ihm fünf Bänder hinein: Zwei blaue, ein weißes, ein grünes, ein rotes.
Das weiß ich genau. Und ich weiß auch, dass Lunete noch sehr

lange winkte, als sie da oben am Burgtor stand, ich habe mich nämlich umgedreht.

Denn der Löwe auf dem Burgweg bin ich. Und ich liebe Geschichten. Besonders nach einem gewonnenen Kampf oder nach einem guten Essen. Und so gut wie ich erzählt sie euch keiner. Ich war schließlich dabei.